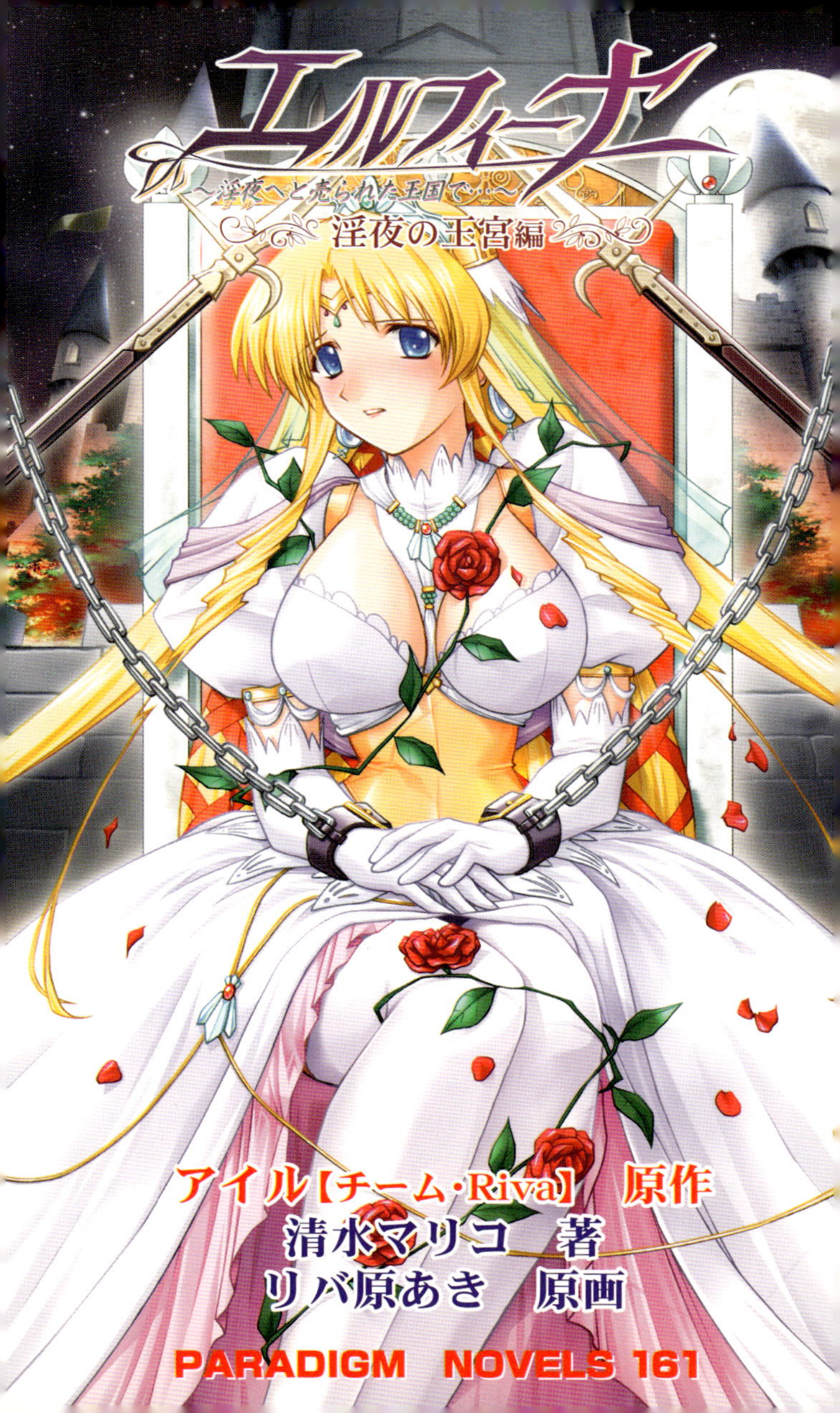
エルフィーナ
〜淫夜《ヨル》へと売られた王国で…〜
淫夜の王宮編
アイル【チーム・Riva】　原作
清水マリコ　著
リバ原あき　原画
PARADIGM　NOVELS 161

登場人物

クオン　ヴァイスの命をねらう剣士。だが彼に気に入られ…。

ヴァイス　ヴァルドランドの第一王子。フィールを制圧する。

エルフィーナ　旧フィール公国の公女。民思いのやさしい姫。

マーナ　バンディオスの妻。元はヴァイスの教育係だった。

バンディオス　ヴァイスの父親であるヴァルドランドの王。

アン　エルフィーナの侍女のひとり。ドジだが一生懸命。

ズゥ　仮面を付けた剣士。いつもヴァイスのそばにいる。

ラッセ　ナルシストだが、ヴァイスにだけは心酔している。

ハーデン　ヴァイスの取り巻き。酒とメシ好きの豪快な男。

第三章 アン

第六章 マーナ

目次

プロローグ

フィール公国は、ラグラジェア地方の内陸やや北に位置する。

小国ながら、温暖な気候と豊かな緑、そしてエルイン湖の豊かな水に恵まれた土地を、国の人々は愛していた。中でも、湖に差し出した岬に建つフィラン城の景観は美しく、「ラグラジェアの宝玉」とまで謳《うた》われた、フィールの象徴であり誇りだった。城の主である公王は、民を愛し善政をしき、民もまた王を心から敬った。人々の心は風土そのままに穏やかで、国は平和に治められていた。

——それが、たった二月ほど前の国《フィール》だったと、どうして信じられるだろう?

「いやあ……許して……」

「許すも許さないも商売だろうが。ほら、ぐずぐずしねえでとっととお前の部屋へ案内しろ。なんならこの場で素っ裸にして、お前の股《また》開かせてもいいんだぜ」

「うう……」

いかつい兵士が、まだ顔立ちに幼さの残る娘の腕をつかまえて、引きずるように歩いていく。石づくりの家の窓からは、昼間から、切ない喘《あえ》ぎ声が聞こえてくる。路地裏では、そこここで野良犬のようにさかる男の腰と、長いスカートをめくられた女の白い脚が揺れている。

いまもまた、薄笑いを浮かべたふたりの男が、おとなしそうな娘ひとりを囲んで楽しもうとしていた。

プロローグ

「恨むんなら、あっさり負けて死んじまった、お前らの王様を恨むんだな」

おびえる娘を見下ろしながら、因果を含めるように男たちはしゃべる。

「だな。俺はよそもんの傭兵《ようへい》だが、今度の仕事はあっけなさすぎて拍子抜けだったぜ」

「まあ、まさかフィールの王様も、あのヴァルドランドが攻めて来るとは、夢にも思わなかったんだろ。王家同士はしょっちゅう嫁に行ったり来たりしている、親戚《しんせき》みたいな関係だからな」

「へえ。だがまあこんな世の中だ、油断したフィール王が間抜けだってことだ」

「いまごろ土の中で歯がみしてるさ」

男たちは残酷に笑いあい、さてと娘に視線を戻した。

「あんたの部屋へ案内してもらうぜ」

「いくら取る気だ？　せっかくまとめて客がついたんだ、ふたりで10フィルぐらいに安くしとけよ」

「ううう……」

娘は答えず涙を浮かべた。上品そうな物腰の、恐らくもとは裕福な家の娘に違いない。それが、いまでは無遠慮な男たちに身体《からだ》を値踏みされているのだ。娘が我が身の不幸に思わず涙し、身をすくませたとしても不思議はない。

「グズグズするな。俺は湿っぽいのが嫌いなんだ」

「けっ、だいたいが命があるだけマシじゃねえか。本当なら、憂さ晴らしに切り捨ててやってても構わねえはずがよ」

傭兵だという男が腰の剣に手をかける。だがもうひとりが目で制した。

「止めとけよ。ここじゃ、例の『布令』が生きてるんだ」

「逆らえば、命はねえっていうあれか」

「ああそうだ。まあいいじゃないか、俺たちはこの娘で楽しませてもらおうぜ」

傭兵はまだ不満そうだが、娘がとぼとぼと歩き出したので、ふたりはあとに続こうとした。と、ふいに人通りの多い広場のほうから、ざわめきや歓声が聞こえてきた。

「なんだ？」

つられて傭兵は行く先を変える。連れの男も、いぶかしげな顔で広場のほうへ目をやる。

娘は一瞬解放されたかとまばたきしたが、男の手は娘の腕をまだ掴《つか》んでいた。

「おい！　おい凄《すげ》えぜ！　来てみろよ！」

先に行った傭兵が興奮した顔で戻ってきた。男を引っ張り、ずんずん広場へ向かっていく。男につかまえられた娘もしぜん、広場へ足を向けざるを得ない。

広場へ出ると、人々が——ほとんどは占領中のヴァルドランドの兵士だが——みなある一方を向いて足を止め、指さしたり、ニヤニヤ笑っている光景が見えた。

「なん……」

プロローグ

「……あ……」

男と娘は同時に人々の視線を追いかけ、異様な光景に目を丸くした。

広場の北、泉に面した建物の壁から、真っ白な女の下半身が突き出されていた。

いつの間にそんな仕掛けをしたのだろう。壁をうがち、その穴から尻を上に向ける形で下半身だけが見えている。女は白く長い靴下をガーターベルトで押さえているが、下着は履かず、尻の割れ目も、続くピンク色の恥ずかしいところも丸見えだった。

「すげえ……いくらこの国の女とはいえ大胆だよな」

「いや、こりゃもう布令にかこつけた淫乱《いんらん》だろう。なんでもいいから、あのマ×コにつっこんでほしくて疼《うず》いてんじゃないか」

「肌もマ×コもいい色だし、ほとんど男知らなそうなのにな」

男たちは女のそこをしげしげと眺めながら口々に言った。たしかに、女の肌はまだ若くなめらかで、尻山はふっくらと丸くボリュームがあり、太腿《ふともも》もむっちりと肉づきがいい。それでいて、膝《ひざ》から下はすんなりと細く足首はきゃしゃで、小さな足は上品に整い、仕立ての良い革の靴以外、まず履いたことがない足だった。

「こりゃあ、かなりの上玉だ」

「それがこんな真っ昼間に、ケツの穴まで丸出しかよ」

ついさっき、娘に絡んでいたふたりももう、大胆な女の挑発に夢中だ。娘はこの隙《すき》に逃げ出したが、追いかけてくる者はなかった。

「けど、一応金はとるらしいぜ。ケツの横に張り紙がしてあらぁ」

――兵士のみなさまお疲れ様です。1回1フィルにてお慰めいたしますのでご利用ください。

「1フィルか！　まあ、穴に入れて出すだけの便所じゃそんなもんだろうな」

「よし、話のタネにひとつ入れるか」

ひとりが笑いながら進み出ると、周りの男もわれもわれもとあとに続いた。

「へへへへ……これだけの数相手すりゃあ、けっこう稼ぎになるじゃねえか」

先頭の男が後ろの男たちを振り返った。黒い毛の生えた節の太い指が、女の柔らかな尻肉にぐっと食い込む。びくん、と女の下半身が震えた。ケツの穴ヒクヒクさせてやがるぜ、と男が笑い、その言葉にあとの男たちもどっと笑った。

「それじゃあ、お願いするとするか」

男はみずからの前をゆるめた。女の下半身はまだ震えている。大胆に誘うまねをしながら、男たちの視線と言葉に恥じらい、悲しく泣いているかのように。

「なんだ……あんまり濡れてねえな」

男は女の割れ目をなぞり、少々不満そうに顔を歪《ゆが》めた。が、すぐ気を取り直して、2本の指でそこを広げる。

「よし。舐《な》めていじって、濡らしてやるか」

ぴくん、と女の下半身がまた震える。男の顔が近づいていく。周りの男たちがはやしてる。ああ、と壁の向こうで女がかすかに声をあげた。だが声に気づく者はいなかった。

ましていま、尻だけを見せて商売をしようとしている女が、フィール公国――元・フィール公国の公女エルフィーナ姫であるなどと、誰《だれ》が夢にさえ思うだろうか。

プロローグ

「う……あ、あ……っ」

薄暗い壁の内側で、エルフィーナは、懸命に声を殺していた。上半身を支える木枠を握る手は、ずっと怯《おび》えて震えている。絹糸よりも細く柔らかい、金色に輝く長い髪が、公女がいやいやと首を振るたび、背中から、むき出しの乳房へ流れて落ちる。真っ白な乳房は、そこだけを強調するようにくりぬかれたいやらしい服に根もとをきつめに絞られて、付け根と先端を赤くしていた。涙の雫が、その豊かな乳房にいくつも落ちた。

「ああ……い、っや……あ……」

顔も見えない、どこの誰ともわからない男が、エルフィーナの、女として最も恥ずかしい部分を無遠慮にいじくりまわして動いている。肉の唇を押し開き、探るように前へ進んでくる。

「ああ！」

敏感な部分を探り当てられ、エルフィーナはつい、大きく膝を震わせて、鋭く高い声をあげてしまった。

「おお？　やっぱりここはいいらしいな。押してやると、ちゃんと濡れてくる」

壁越しに、男の声が聞こえてくる。

「う……くぁ……っ……あ……」

木枠に額をすりつけて、懸命に耐えるエルフィーナ。だが、身体は与えられる感覚を受け入れるしかなく、無意識に、外との境界である胴のあたりがじりじりと揺れ、乳房もエルフィーナが身をよじろうとするたびに、ユサユサと左右に振られていた。下を向いた乳首が、赤みを増して少しずつ勃起《ぼっき》して固まっている。

「ひいっ……！」

指で押されていた部分に異様な感触。エルフィーナの奥から染み出す蜜《みつ》を吸い出すように、チュル、チュパッとうごめくなま温かいもの。

それが男の舌だと気づいて、エルフィーナの白い肌が粟立《あわだ》った。

「ああ……いやあ……」

エルイン湖の蒼《あお》といわれた瞳《ひとみ》が濡れて、新たな涙が盛り上がってくる。嫌なのに、死んでしまいたいほど恥ずかしいのに、舐められているところから、熱いものが溢《あふ》れるのを止めることができない。しびれるように固い乳首は、刺激を求めてうずいている。

「う、ああ……」

エルフィーナは何度も熱い息を吐き、辛《つら》さを外へ逃がそうとした。しかし、男の舌が与える感覚は、エルフィーナをますます追い込んでいく。

どうしよう……このままでは、わたくしは……わたくしの身体は……。

「どうだ？　そろそろかなりよくなってきたか？」

そこへ、エルフィーナの頭上から、愉快そうな男の声が聞こえた。

「乳首もずいぶん勃起してるな。いじられたり、吸われたりしないとさみしいんじゃないか？」

言いながら、だが男はエルフィーナに触れようとしない。下半身だけを衆目にさらし、いまにも犯されようという姫の姿を、薄笑いを浮かべて眺めるだけだ。

「ふん……しかし、壁の向こうのヤツら、ここにいるのがエルフィーナ姫だと知ったらどうするかな……外へ行って触れ回ってみるか？　ラグラジェアの『白の至宝』といわれる姫の、これが本当の姿ですってな」

男の長い黒髪が、エルフィーナのすぐ目の前にあった。何も答えず、エルフィーナはた

プロローグ

だそっと目を伏せる。

「――そろそろ、ブチ込んで中出しするか」

壁の向こうから野卑な声が聞こえた。男のものの先端が、あの部分に擦《こす》りつけられる。蜜を塗りつけ、挿入しようとする動きだ。エルフィーナの全身がぴくんと震えた。いや、と唇から息が漏れる。男の手がエルフィーナの頬《ほお》から耳に触れ、妙に優しく髪をすいた。エルフィーナが首を振って手を払おうとすると、男はそのまま髪をつかんで、自分に向け顔をあげさせた。

「ああ……」

悲しく眉《まゆ》を寄せながら、エルフィーナはそっと男の目を見上げる。男の目――左は深い夜の色だが、右は血のように鮮烈な紅《あか》。支配する者の残酷な無邪気さと欲望と、底知れない何かを秘めて光るこの紅い瞳こそ、フィールを滅ぼし、エルフィーナとすべてのフィール国民を屈辱にまみれさせた敵国、ヴァルドランドの王族の証《あかし》だ。

ヴァイスアード・バル・バーシル。

ヴァルドランド王、バンディオスの一子にして、第一位の王位継承者。

思えば、エルフィーナとフィールのすべての女たちにとっての恥辱の日々が始まったのも、この紅い目を見た日からだった。

……そう、あの日……。

エルフィーナの想《おも》いは過去へと沈んだ。振り返っても、悲しみと後悔が増すだけの記憶かもしれないが、いまはただ、壁から尻だけを突き出して、男相手に商売しようという現実からひたすら逃れたかった。

目を閉じると、二月前からの出来事が、ありありと胸によみがえってきた。

第一章　奉仕の刻印

二月前──。

*

王の間に、カチャ、カチャと不気味に規則的な音が響いた。玉座の両側から扉に向かい、整列する騎士達の黒い鎧《よろい》が、彼らの整然とした動きにあわせて鳴る音だった。エルフィーナはそのとき、侍女たちとともに、びろうどの重いカーテンの陰で震えていた。

大理石の床と階段に続く純白の玉座は、座する者への敬愛を込め、細部まで丁寧に作られている。だが、座の主であったエルフィーナの父、フィール公王はすでに戦いで命を落とし、この世の人ではなくなっていた。母もまた、父のあとを追うように亡くなり、フィール王家の人間はいまや、エルフィーナひとりとなっていた。

できることなら、わたくしも、お父様とお母様……そして、あの方のあとを追いたい。

愛する者を失った悲しみが、エルフィーナの心を死へと誘った。だが、こうしていまも自分を慕い、傍《そば》を離れようとしない侍女たちや、城下の国民の行く末を思うと、それは許されないことだった。

鎧の音がぴたりと止まった。一瞬、あたりが静まり返った。エルフィーナは胸に手をあててひとつ息を吐き、意を決して前に進み出た。

「――あなた方を率いていらした方は、どちらにいらっしゃいますか」

騎士たちが、目だけをエルフィーナに向ける。感情のない、冷ややかな視線が、エルフィーナの唇を震わせた。

「わたくしは……フィール公国、公女エルフィーナです」

落ち着きを見せようと懸命になったが、声も震えてしまったかもしれない。

騎士たちからの答えはなかった。もう一度、エルフィーナが問いかけようとすると、

「よう！　遅くなったようだな」

左右に投げられたように扉が開いて、妙に明るい大声が聞こえた。振り向くと、身体《からだ》つきのしっかりしたいかにも戦士ふうの男が、物珍しそうにキョロキョロしていた。

「へえー。こりゃまたキレイな城じゃねーか。小さい国の、田舎の城だと思ってたがな」

騎士にしてはくだけた言葉と動きで、ずけずけと奥へ進んでくる。

「ボクには、キミが美に関する言葉を口にするほうが驚きだよ、ハーデン」

すぐ後ろから、ほっそりとした色白の男。細い指に柔らかそうな髪といい、しなをつくるような身のこなしといい、鎧よりもドレスを着たほうが似合うかもしれない。

「るせーんだよ、ラッセ。……なんだこの匂《にお》いは、香水か？」

「どこかのご婦人の移り香かな……」

「けっ。ようズゥ、お前どう思う？　女はみんな、ラッセみたいななよなよした男がいい

のかねえ」

ハーデンと呼ばれた男が呼びかけて、エルフィーナは、初めてそこにもうひとり、人間が立っていることに気がついた。暗い色の鎧で全身を覆い、顔は仮面で隠している。ズゥと名前で呼ばれなければ、飾り物の甲冑《かっちゅう》かと思ったかもしれない。ズゥはハーデンの問いには答えず、答える気もないかのようにただ立っている。ラッセが髪を掻《か》き上げながら苦笑した。エルフィーナには、このバラバラな3人が、整然とした騎士たちを率いる人物だとは思えなかった。ただ、彼らが鎧の胸に下げている、羽の形をした飾り物だけが、何かの身分を示していた。

どうしよう。この者たちと、話をしなければならないのだろうか。

エルフィーナは言葉をためらっていたが、3人はほぼ同時にエルフィーナに気づいた。

「――おっ……」

「へえ……」

ハーデンは目を丸くしたあと口笛を吹き、ラッセは唇だけでニヤニヤと笑い、ズゥは気配だけをエルフィーナに向けた。

「あんた、もしかして」

ハーデンとラッセが近づいてくる。何か言わなければと思いながら、緊張で、エルフィーナは足が動かない。すると、控えていた侍女のひとりがエルフィーナを庇《かば》って前に出た。

「無礼者！　この方を、どなたと——ひいっ！」

だが途中で侍女は悲鳴をあげる。足元に、鋭いナイフが飛んでギリギリ床に刺さったからだ。うーん、と侍女は昏倒《こんとう》しかけ、逆にエルフィーナがそれを支えた。

「しっかりなさい」

侍女はすぐ、他の侍女たちの腕に預けられた。エルフィーナは、再び男たちと向き合った。だが、ナイフはこの3人が投げたのではないとわかっていた。

長身の、黒い長い髪が美しい男が、少し前からズゥの鎧の向こうに立っている。

「騒がせて悪いな」

からかうような響きだが、ピンとよくとおる男の声。大ぶりの剣をさげているのに、鎧らしい鎧は身につけず、服装は傭兵《ようへい》のようにくだけている。けれど、何よりも全身から漂う気迫が、この男がただ者ではないことを告げていた。

「おれを捜していたんだろう？」

男がエルフィーナのすぐ前に立つ。見上げて、エルフィーナははっとした。

男の瞳《ひとみ》は、右だけが紅《あか》い。この紅い目は、未来を見るともいわれる紅だ。

ではやはり、この男こそ——

「ヴァルドランドのヴァイスアードだ。ヴァイスでいい」

そう、ヴァイス王子だ。そして彼は、今回の、フィール攻略軍の総大将だ。

「失礼しました。わたくしが、エルフィーナ・フィーリアンです」

エルフィーナは、ドレスの裾《すそ》をかるく持ち上げて、ヴァイスに正式な礼をした。ヴァイスはかるく唇を歪《ゆが》めるだけで応《こた》えない。代わりにすっと手を伸ばし、エルフィーナの髪を一束とると、指に絡めて弄《もてあそ》んだ。

「ひ……」

エルフィーナの背に、ぞくりと冷たいものが走る。恐怖が限界に近づいていた。

「たしかに、噂《うわさ》どおりに美しい姫だ」

「あ……っ……」

髪をいじられているだけで、長いドレスに隠れた膝《ひざ》が、崩折れそうにカタカタ揺れた。

エルフィーナは、もともとはごくおとなしく、王家の者としてどうかと言われるほどに恥じらいがちな性格で、男が近づくだけでも恐ろしかった——父王と、たったひとりを除いては。

それがいま、敗残国の王家最後の生き残りとして、占領国の兵たちを前に、気も失わず、敵の大将の前に立っている。自分でも、自分が信じられなかった。

「目的を……お教えいただけないでしょうか」

そっと左右に首を振り、ヴァイスの指を髪から払い、エルフィーナはまっすぐに顔をあげる。

「貴国、ヴァルドランドの行いは、古くからの盟友に対するものとは思えません。何故《なぜ》、我がフィールに兵を差し向けられたのですか」

答えはない。エルフィーナはもう、自分の足で立っている実感さえなくしていたが、なお気力だけで問い続けた。

「お答えいただけないのでしたら、ただちに国から兵をひき、お帰り願えませんでしょうか」

無茶な願いだとはわかっている。ヴァイスの後ろのハーデンとラッセも、唖然《あぜん》として顔を見合わせている。フィールはすでに、負けているのだ。敗残国がどんな運命をたどるかを、エルフィーナも知らないわけではない。王家の人間はすべて殺され、民は略奪と放火で生活を奪われ、運が良くて奴隷、悪ければ虐殺。それが当たり前というこの時代に、このまま兵を引き、帰れとは……。だが、エルフィーナにもわずかな希望があった。ヴァイスが率いる兵士たちは、フィールの街に侵攻しても、整然と、この城へまっすぐにやってきた。城のテラスから見る街に、いまのところ、火の手や混乱は見られない。それは、ヴァイスに何か、戦とはべつの考えがあるからではないか？　話し合えば、これ以上、血を流さずにすむのではないか、と。

エルフィーナはじっとヴァイスを見つめた。恐怖が限界を超えたため、気分は逆に高揚していた。でももしも、ここでヴァイスに睨《にら》まれたり、何か一言恫喝《どうかつ》されたら、自分は目をあけたまま倒れるだろう。まばたきもろくにできない目が、乾いてヒリヒリと痛かった。

「ふ……」

ヴァイスは、そんなエルフィーナに笑いかけた。驚くほど無邪気に瞳がやわらぐ。え、とエルフィーナが忘れていたまばたきを繰り返すと、ヴァイスはマントを翻し、そのままつかつかと奥へ向かった。

「ナスタース！」

「はっ」

「命じていた、例の件はどうなったか？」

「はい。命令に背き、街で略奪を行った者37名を捕縛いたしました」

「即処刑しろ。身分、地位などはいっさい考慮する必要ない」

「はっ！」

玉座に近い位置にいた、ナスタースと呼ばれた若い騎士は、王子に敬礼を捧げると、早足でその場を出ていった。きまじめそうな騎士の背中を、ハーデンとラッセは、にやにやして見送る。ヴァイスは彼を振り向かず、空の玉座へのぼっていった。そして、くるりと一同を見渡すと、なんのためらいもなくそこに座った。

「あ……」

小さく声を漏らすほか、エルフィーナは何も出来なかった。この瞬間、フィールは完全に制圧され、フィール王家は滅びたのだと、目の前で思い知らされながら。

「――さて」

長い脚をもてあますように腰かけたヴァイスが、一息つき、背筋をすっと伸ばして座り直した。

「これより、ヴァルドランド国王、バンディオス・ウル・バーシルの名の下に、『旧』フィール公国に対する布令を下す」

凛《りん》とした声。エルフィーナはただ、声もなくうつむく。『旧』フィール……やはり、エルフィーナの希望はかなわなかった。以後フィールは、敗残国として、征服者の布令に従わなければならない。例えそれが命でも、差し出せと言われるものは差し出して。

「一つ。生き残ったフィールの国民のうち、男は全て、奴隷としてヴァルドランド本国に連行する。二つ。残りの民はこの地を離れることを禁じ、全員、管理番号を登録する。許可なく国の外へ出る者は、死罪を含む厳罰を処す」

容赦のないヴァイスの声を聞きながら、エルフィーナは、つい半月ほど前の、祭りで賑《にぎ》わうフィランの街を思い浮かべた。酒や、名物の料理を楽しみながら、歌い踊る人々の満ち足りた笑顔。王家の行列に向かって窓や道端で手を振る人々の、信頼と尊敬に満ちたまなざし。あの人たちが、奴隷にされてしまうだなんて。あるいは、捕らわれの身同然となって――。

「さらに」

ヴァイスは一段声を高くして続けた。これからが本題だと言わんばかりだ。

「残りの民には、全員、この地を訪れる者に対して、『奉仕』する義務を課する」

奉仕、の言葉をひときわつよく、ヴァイスは告げた。

「『奉仕』に対し、民は一定の額の報酬を受け取り、その半分を、ヴァルドランドの管理局に納めること。生産、商業などの『奉仕』以外の手段による収入は、こちらが定めた範囲内でのみ許可するが、原則として認めない」

奉仕……？　この人は、何を言おうとしているのだろう。この地に残る民、すなわち女達による、奉仕……。

「あっ」

エルフィーナも、ようやく、その意味する可能性に気がついた。まさか……。

玉座のヴァイスは、エルフィーナを見て、はっきりと片頬《かたほお》に笑いを浮かべた。

「なお『奉仕』とは『あらゆる意味での奉仕』であり、その内容に関して民はいっさいの拒否権を持たない。ただし『奉仕』においても直接生命を奪う行為や、肉体を著しく破損させる類《たぐい》の行為は固く禁ずる」

──つまり。たったいまから、フィールの女全員が、その肉体で男に奉仕することを生業《なりわい》とする、娼婦《しょうふ》であると告げられたのだ。そしてフィールは、国全体が、ヴァルドランドの管理する、売春のための国家になる。まだ若い乙女も、夫のある女も、すべて見知らぬ男に身体を開き、拒否することは許されないのだ……。

「わかっているだろうが、布令の対象は『全員』だ。例外はない。つまり、公女エルフィーナ、お前自身もたったいまから、男に奉仕するための売春婦だ」

「……」

その宣告に、ひい、と悲鳴をあげたのは、啜《すす》り泣いていた侍女たちだった。エルフィーナは、フィールが売春国にされたと知った瞬間から、すでに意識が遠のき始め、自身を売春婦と言われたときにはもう、完全に気を失っていた。

目を覚ますと、そこは見慣れた自分の寝室だった。

窓の外はすでに暗くなっている。城下から、馬のかける音や人の声が聞こえるが、騒ぎというほどでもないだろう。寝台のまわりと部屋の隅を、柔らかな灯《あか》りが照らしていた。

昨日までと、何も変わらない夜に思えた。

けれど。

「お目覚めですか、エルフィーナ姫さま」

そっと声をかけられ振り向くと、侍女のアンが悲しそうな目でエルフィーナを見ていた。

「どうしたの？」

アンはいつでも明るく元気いっぱいで、失敗も多いが懸命に働く、エルフィーナの好きな侍女のひとりだ。こんな沈んだアンを見るのは初めてだった。

「はい……その……殿下が……ヴァイスアード様が、姫様が目を覚まされましたら、こちらにお召し替えになるようにと」

アンが抱えている服は、ずいぶんと布地の部分が小さく、見ただけでは、どのように身につけるかもわからない。

「これからは……ヴァイスアード様がお越しの際には、必ずお召しになるようにとのことです」

「これから？」

「エルフィーナ様」

アンの愛嬌《あいきょう》のある目が潤んで、見る見る大粒の涙が浮いた。

「……殿下は、フィール公国への布令に従い、姫さまに、殿下への『奉仕』を求めていらっしゃいます。今夜から、無期限に……ううう」

「な……」

「つまり、おれはお前を先のぶんまで買ったってことさ」

無遠慮な音とともに扉が開いて、ヴァイスがつかつかと入ってきた。

「ずいぶん高い買い物だったぞ？　お前には、フィールの売春婦の中でも一番の値がついてるからな。もっとも、おれが自分でそう決めたんだが」

自分の言葉に笑いながら、ヴァイスはアンの手にした服を取り上げ、ベッドのエルフィーナの膝に放った。

「そのぶん、楽しませてもらうとするさ。さあ、さっさとこれに着替えて支度をしろ。酒が欲しければ用意させるぞ」

「……」

「ああそうだ。さっきは気絶されて言えなかったが、『布令』にはもうひとつ項目がある」

ヴァイスは口調を改めた。

「今後もし、エルフィーナ・フィーリアンが死をもって『布令』に抵抗した場合、ヴァルドランドは旧・フィール国民の蜂起《ほうき》、反逆を防ぐため、国民全員を処刑する」

自殺すれば、国民全員が殺される……。

最後の誇りもそのやり方で奪われることは、予想しなかったことではない。エルフィーナは、ただ悲しく目を伏せるだけだった。

「ううー」

「なんだお前は。もう用は終わりだ、とっとと出て行け」

上目づかいで恨めしげに見ているアンを、ヴァイスは子犬を追うように手で払った。

「う、ううー！　や、やっぱり、許せません！　姫さまに……姫さまに、そんな……わ、わたしは、命にかえて、姫様を、お守りいたしますっ！」

アンはエルフィーナに重なるように、ベッドに自分の身を投げた。そして一瞬目を丸くして、わあ、ふかふかと呟《つぶや》いた。ベッドの感触に驚いたらしい。

「何やってんだ」

苦笑して、ヴァイスはひょいと腕を伸ばした。いやあ、とアンはじたばたしたが、小柄な身体はかるがると腕に抱えられ、ベッドから追い出されてしまった。

「なんなら、お前に今夜奉仕させてもいいんだぞ？　それとも、望みどおりに命にかえさせてやるとするか」

ヴァイスは腰の剣の鞘《さや》をチンと鳴らした。アンはひーっと真っ青になって歯を鳴らした。

「止めて、止めてください！　あなたの……あなたの、言うとおりにしますから」

エルフィーナは身を乗り出して止めに入った。

「……アン。もういいから、自分の部屋にさがりなさい」

「ひめさまぁ……う……わたし……」

「ありがとう」

エルフィーナは精一杯の優しい顔で、アンにむかってほほえみかけた。本当は、いまも驚きと屈辱で胸が震えて、泣きたい気持ちでいっぱいだった。だが、もうこれ以上、人の命が失われるのだけは見たくなかった。アンはべそべそとしゃくり上げながら、背中を丸めて出ていった。

静かな部屋に、エルフィーナはヴァイスとふたりになった。

「……では。少しの間、お待ちください」

エルフィーナはベッドから起きあがり、用意された服を手にして衝立《ついたて》に隠れた。ガウンを脱いで、着替えようとその服の正確な形を知ったとき、あまりの恥ずかしさに手が震え、何度も手から落としてしまった。それでも、覚悟を決めたのだからと、もどかしい手つきでその服を着る。もう一度上からガウンを羽織り、衿《えり》を手で押さえながら戻った。ヴァイスはエルフィーナを待つ間、酒を用意させていたらしい。丸テーブルに、緑の瓶とグラスがふたつ置かれている。ヴァイスはすでに飲み始めていたが、とくに酔っている様子はない。ただエルフィーナの首筋や胸もとを見て、ニヤリと笑う目に嫌なものを感じた。

「飲め」

「……いえ」

あいたグラスに片手で注がれ、差し出された酒をエルフィーナは拒んだ。

「ふうん。素面《しらふ》でおれに抱かれるつもりか？　まさか男に慣れているのか？」

「そんな！　わたくしは……わたくしは……」

――あの方の花嫁になる日まで、身も心も清らかでありたいと……。

「う」

思うことを自分に禁じていた姿をつい思い出し、エルフィーナの目に涙が浮かんだ。フン、とヴァイスは鼻で笑って、差し出していたグラスを自分の口へ持っていく。同時に、エルフィーナを抱き寄せた。あっという間もなくエルフィーナの唇にヴァイスの唇が深く重なり、口うつしで酒が流し込まれる。熱い液体がエルフィーナの喉《のど》から奥に染みていった。息がつまるが、ヴァイスはエルフィーナを離さない。細いウエストを抱えたまま、ベッドの上に押し倒した。エルフィーナは無意識の動きで逃げようとする。その肩をヴァイスが押さえつけ、ガウンの紐《ひも》を荒々しくほどいた。

「ああ！」

「……ほう……」

　ヴァイスの声音からからかいが消え、感心したような息が漏れる。紅い右目と暗い紫の左目が、しげしげとエルフィーナを観察した。エルフィーナはあおむけにされたまま、じっと視線に耐えるしかなかった。ヴァイスが着るようにと命じた服は、衿も、袖《そで》もしっかりと純白の絹で覆われて、同じ絹が、腕や指も長い手袋に包んでいる。だが、身の丈は胸の下までの短さで、しかもふたつの乳房の部分だけ、くり抜かれたように布がない。身につけると、乳房だけが服を突き破り、膨らんでしまったように見えるのだ。

「それにしても、ここまでの乳とは思わなかったな。王の間で最初に見たときから、かなりあるとはわかっていたが」

「う……」

　エルフィーナは思わず顔を覆った。自分の乳房が、同じ年頃《としごろ》の娘たちより大きいことは、エルフィーナ自身もわかっていた。胸幅も、肩も胴まわりもきゃしゃなだけに、よけいにそれが目立つことも。侍女たちに、女性らしい、立派なお胸でいらっしゃいますと、何度も何度も言われてきた。けれどそのたびに恥ずかしく、公女としては品がない気がして、舞踏会などで男の目が、胸に注がれるのが恐ろしかった。おとなしかったエルフィーナが、ますます気弱になったのは、この大きな乳房のせいといってよかった。

「こうすると、もっといい具合に膨らむんじゃないか？」

「いやっ！」

それなのに、ヴァイスはその乳房をますます大きく見せようというのか、胸の谷間のわずかな布を、深く食い込ませて縮めていく。すると同時に、胸の下の布も引っ張られ、乳房の根もとを締めつける。大きな乳房が、さらに丸く張りつめていっぱいに膨らみ、乳房全体がじんじんと痺《しび》れた。

「ああ」

布に乳房を絞られていると、出るはずのない乳が出口を求めているかのように、頂上の乳首に感覚が集まる。乳房のボリュームのわりに控えめな、淡いベージュピンクの乳輪が、少しずつ色を濃くして浮きあがり、勝手に乳首を固くしていく。

「なんだ、もう感じてきてるのか？　公女のくせに、乳を晒《さら》して見られるだけで興奮するのか」

ヴァイスが呆《あき》れたように笑った。恥ずかしさで、エルフィーナの頬が熱くなる。慣れない酒を、無理に飲まされたせいだろうか。全体に、身体にうまく力が入らず、乳房の痺れがそのまま身体の奥をつたって、少しずつ、下腹部のあたりを疼《うず》かせるのも、自分ではどうすることもできない。

「じゃあ、もっと感じるようにしてやろう」

ヴァイスの意外に細い手が、エルフィーナの乳房をぐっと掴《つか》んだ。長い指が、それぞれに柔らかな肉に食い込んで、丸い乳房がぐにゃりと歪んだ。が、握る手をヴァイスが緩めると、乳房はすぐに形を取り戻す。手のひらで、ヴァイスは玩具を弄ぶように、何度も乳房を揉《も》みしだいた。

「いい感じだ。どんどん熱くなってきてるな」

「う……っ、う……あ……あっ！」

ときおり、指で乳首を弾《はじ》かれると、強い痺れがエルフィーナのうなじや背中にズキンと走る。そのたびに乳首が固さを増して熱くなり、とうとう痒《かゆ》みに近いものを感じた。そこだけを、たとえば指で摘んだり、捻《ひね》ったり、あるいは乳房全体にたまった熱を、乳首から吸い出してもらえたら、気持ちがいいに違いない。

「いや」

エルフィーナは必死に首を振り、いまの願いを打ち消そうとした。わたくしは、どうしてしまったの。ついさっきまで、こんなこと、想像したこともなかったのに。

「エルフィーナ姫」

ヴァイスの片手が乳房を離れ、エルフィーナの前髪をかきわけた。

「じつはさっき、お前に飲ませた酒に媚薬《びやく》を混ぜておいた」

「！」

「初めに快楽を身体に仕込めば、あとあと調教しやすいからな」

「ち……」

繰り返すことさえおぞましい言葉。だが、ヴァイスは愉快そうになおエルフィーナの髪を撫《な》で、耳もとに唇を寄せて囁《ささや》いた。

「エルフィーナ・フィーリアンを調教する。お前はフィールで一番淫乱《いんらん》な売春婦になる」

「ひいッ……」

エルフィーナは高い悲鳴をあげた。囁きが、耳から全身に広がって、身体に刻み込まれてしまいそうだ。乳首の先が震えると、ヴァイスがそれに吸いついた。

「あッ！　ん、あッ……ああっ……」

片方の乳房を揉まれながら、片方の乳首をつよく吸われて、エルフィーナはつい甘い声を漏らした。吸われていないほうの乳首がせつなくて、しぜんに胸を突き出すように動いてしまう。媚薬が身体を支配していた。いけない、恥ずかしいと思うのに、待ち望んでいた快楽を与えられた乳房から、胸に、身体中に甘い痺れが広がって、頭をぼんやりと酔わせてしまう。それは下半身にもおりていき、腰の両側とその中心、月のものがあるときに痛むあたりを、柔らかくほぐしていくようだ。そういえば、下半身はいま白いガーターベルトでとめた靴下と、小さな三角形の下着しかつけていないのだった。下着の前が、さっきから、おかしな状態になっている。白い布地の中心が、生あたたかく、ヌルヌルする。知らないうちに、お漏らしをしてしまったように……。

「じゃあ、そろそろ開いて見せてもらうとするか」

ヴァイスはペロリと舌先で乳首を舐《な》めあげると、エルフィーナのくびれたラインを両手でなぞり、腰骨の上で結ばれた紐をするりと解いた。

「あ……やっ……」

だが、紐をとかれてそのまま下へ落ちるはずの下着は、ぺったりと股間《こかん》に貼《は》り付いたままだ。

「なんだ、もうこんなにマ×コ濡らしてるのか。割れ目のあたりが透けて見えるぞ」

笑いながら、ヴァイスは布をゆっくりとはいだ。

「ああいや……いやです……見ないで、見ないで……」

か細い声で、エルフィーナは必死に訴えながら、太腿《ふともも》を閉じて隠そうとした。が、それで許されるはずがない。ヴァイスはエルフィーナの太腿の裏に手をまわし、腰から高く持ち上げて、両脚を、容赦なく左右に広げさせた。

「ああ！」

股間がパックリと開いた瞬間、クチュ、クチュンと音をたてるのが、エルフィーナにもはっきりと聞こえた。ヴァイスにも、聞かれてしまったに違いない。開かせた脚を押さえて固定させたまま、ヴァイスはそこに顔を近づけ、じっくりと、エルフィーナのそこを観察している。

「へえ。これが『白の至宝』といわれた姫のオマ×コか」

いやらしい言葉を、ヴァイスはためらいもなく口にした。

「たしかに、色といい形といい最上だな。毛も上品に少ないし、襞《ひだ》の厚みも控えめだ」

鉢植えの花でも評するように、しげしげとその感想を述べる。

「そのくせ、濡れっぷりだけが物凄《ものすご》い。太腿のあたりまでトロトロだ。こりゃ、クリトリスいじれば相当くるな」

言いながら、ヴァイスは太腿から内側へ手をすべらせて、無造作にエルフィーナの股間を擦《こす》った。

「あああっ！」

それまでになかったつよい刺激に、エルフィーナの尻がベッドから浮いた。ヴァイスは指を割れ目に差し込み、少しずつ深く入れながら、何かを捜すようになぞってくる。

「いやあ……いや……」

エルフィーナは首を横に振り、尻をずりあげて逃げようとした。それをヴァイスに見つけられたら、自分がどうなってしまうかわからなかった。だが、すでに存在を主張して、固くなり始めていた小さな芯《しん》は、あっさりと指に触れられてしまった。

「くうっ」

あたるだけで、全身がビクンと緊張する。ふふ、とヴァイスは楽しそうに笑い、そこを集中して指先で押した。

「くあっ……あぁん……あ……ああ……」

「よく出るな。お前の下の唇から、ヨダレみたいな露がジュンジュン溢《あふ》れてくるぞ。大股《おおまた》開きでいじられるのが、お姫様はよほど好きらしい」

「いや……ああっ……」

「じゃあ、サービスでクリ皮をむいてやろう」

ヴァイスの指が微妙に動いた。エルフィーナは、割れ目をくっと広げられ、中がすうっと冷えるのを感じた。次の瞬間、ピリッと何かを裂かれるような、微妙に痛がゆい感覚が走り、そして、いきなり信じられないほどの快感が、エルフィーナの股間から頭までを突き抜けた。

「あああ……あああああっ……」

全身を細かく震わせて、エルフィーナは気を失わないように、必死にベッドの敷布を握る。乳首が痛いほど勃起《ぼっき》して尖《とが》り、一番恥ずかしい穴までキュッと窄《すぼ》んでヒクついたが、すべて丸見えの恥ずかしささえ、かまっていられる余裕がなかった。快感で、少々失禁したかもしれない。自分の中に、こんな感覚が眠っていたのを、エルフィーナは今日まで知らなかった。ここはただ、清潔にしなければならない恥ずかしい場所で、湯浴《ゆあ》みで洗うときよりほかに、触れたことさえなかったのだ。

「う」

エルフィーナの青い瞳から、涙がいくつもポロポロ零《こぼ》れた。

「お願い……お願い……」

はあはあ息を吐きながら、泣いてヴァイスに訴える。何を願おうとして言うのか、自分でもよくわからないのだが、ただもう、限界に近かった。媚薬の力があったとしても、何も知らずにいた身体に、これ以上の快楽を注がれたら、狂ってしまうかもしれなかった。

「……ふん」

ヴァイスは少し間をおいて、やがてその部分から手をひいた。

「まあ、たしかにいきなり何もかも仕込む必要はないな。調教は、じっくりと進めたほうがおもしろい」

「はあ……」

エルフィーナは、下半身をベッドに投げ出して、ようやく長い息をついた。ガーターベルトと靴下だけで、恥ずかしいところは丸見えのまま、だらしなく下半身を投げ出してしまう。だがヴァイスは、そんなエルフィーナの太腿をぺちっと叩《たた》き、ふたたび立て膝で広げさせた。

「やっ……もう……」

「バカ言うな。これからが、売春婦の仕事だろう。まあ初めてなら痛いだろうが、これだけ濡れて開いていれば、案外、お前も感じるかもしれんな」

エルフィーナの脚を押さえたまま、ヴァイスは自分の前を緩めて、エルフィーナの入口にあてがった。固く熱い、張りつめた表面の感触が、エルフィーナのそこをつついている。

「いや！」

ヴァイスに抱え上げられた脚を、エルフィーナはじたばたさせて抵抗した。奪われるのは、ある程度、覚悟していたつもりだった。だがやはり、いざ純潔を失うとなると、悲しくて、未知の痛みが恐ろしく、とてもされるままになることはできない。それに、それに……あの方を、こんな形で裏切るなんて……。

「おとなしくしろ」

ヴァイスの声が低くなった。それまでの、どこかからかうような響きが消えて、威圧的な、支配者の声になる。

「お前は、敗戦国の売春婦だ。これからは、男に犯され、男の精液を身体に受け止めるだけが、お前の生きる道になるんだ」

クッ、とヴァイスはもう一度笑ったが、その笑いも、ぞくりとするほど冷たかった。

エルフィーナは、王の間でヴァイスと初めて対面したときと同じ、あるいはそれ以上の恐怖を感じ、全身をわなわなと震わせる。構わずに、ヴァイスはエルフィーナの開いた脚の間に腰を入れ、数回、エルフィーナの蜜《みつ》で自身を潤すと、容赦なく、襞を割って中へと挿入した。

「ひい……っ、いた……い……っ！」

引き裂かれる、押し破られる激しい痛みに、エルフィーナは身をのけぞらせる。本能が、しぜんに凌辱《りょうじょく》から逃げようと、腰を引き、腕が男を押し戻した。だがヴァイスはその腕の手首を抱え、エルフィーナの全身を引き寄せる。みしみしと、男のものは少しずつ、エルフィーナの中へと埋まっていった。

「かわいそうに。品のいいお姫様のマ×コの襞が、男のチ×ポにばっくり裂かれて歪んでる」

「くうう……」

「処女なんだな。これから、男にチ×ポを入れられて、男を教えられるんだ」

じりじりと、男のものが進んでくるたび、閉じていた肉の膜がはがされるようだ。入口も、腰全体もひどく痛い。もう快感はどこにもなかった。

「ああ……いや……」

「一気にいく」

「ひい……っ！　くうっ……うう……ああ、ああっ！　痛い、痛、いた、痛いっ……」

何かがエルフィーナの中で破れた。とうとう、エルフィーナは処女を失ってしまった。

「く、キツい」

「痛い……痛い……」

一番奥に、ヴァイスの先端があるのを感じた。股間から、お腹の中を、剣で突き刺されたような気分だった。じっさい、血も流れているに違いない。ずっと見開いたままの目から、新たな涙が零れて落ちた。

「動いて出すぞ」

だが責めは、それで終わりではないらしい。ヴァイスはさらにエルフィーナを広く開脚させて、太腿の裏に両手を置いた。そして、エルフィーナの全身を揺すり、自分も腰をエルフィーナに打ち込む。

「ひいいっ……！」

あそこの中を、男のものが、前後に動いて摩擦《まさつ》している。擦られるたび、固さや太さが増していき、エルフィーナを深くえぐっている。

「う……ううっ……」

こんなことを、女はみんなしているの？　いいえ、もしも愛する人となら、きっと、痛みだけではない何かがあると信じたい。

でも、いまエルフィーナを犯し、ひどい言葉を投げているのは、国を滅ぼした男、ヴァイスなのだ。ヴァイスはエルフィーナを揺すりながら、荒々しく、乳房を戒めていた服を脱がせた。解放された乳房がぷるんと飛び出し、上下に激しくユサユサ揺れた。

「いい眺めだ」

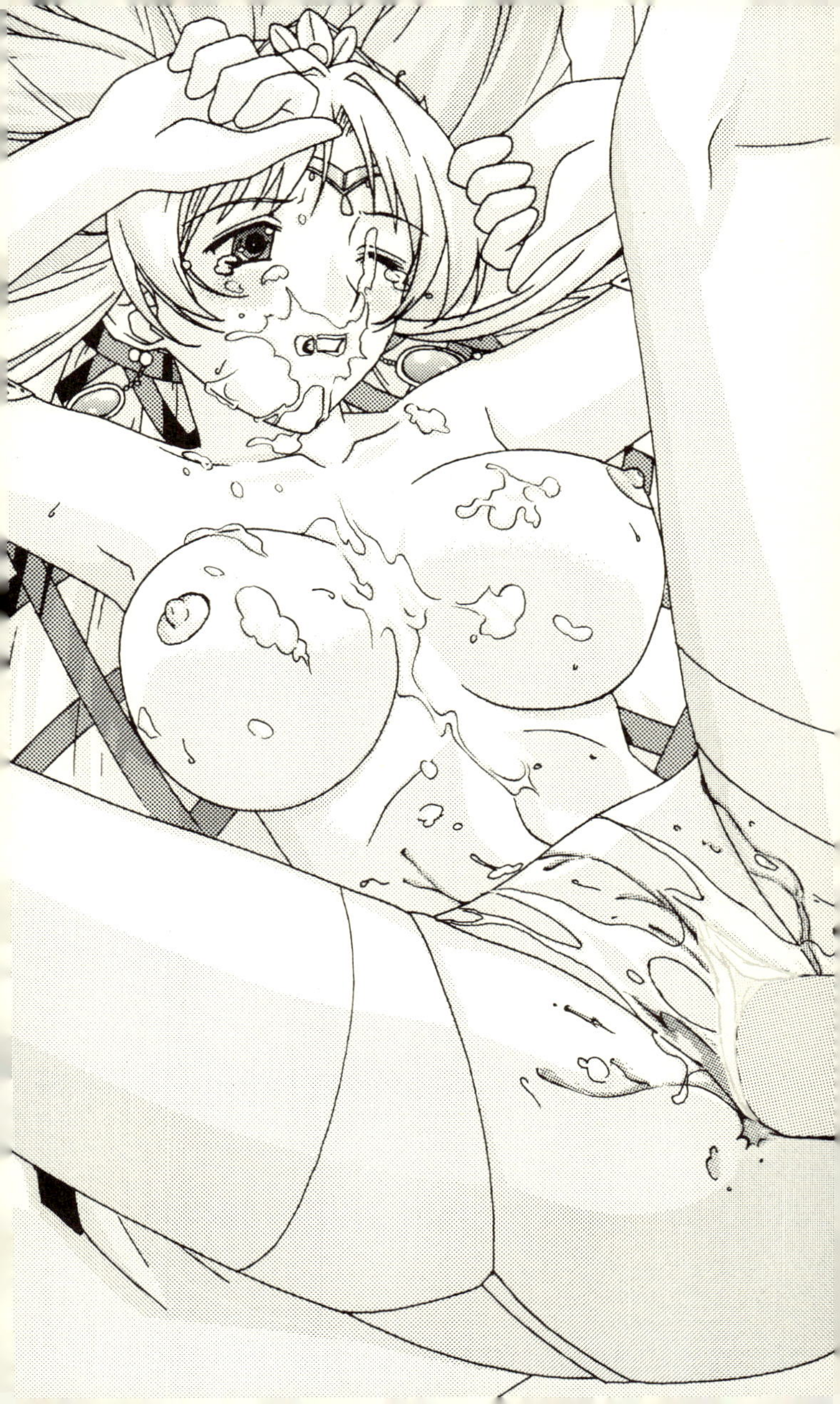

ヴァイスは両手でつよくエルフィーナの乳房を掴む。そのまま乳房を押し上げるように激しく揉んで、中の動きを速くしていく。

「あ、はあ、ああ、はあ」

泣きながら、エルフィーナはヴァイスの動きにあわせて速い息をした。内部が熱く、腫《は》れたように感じて、腰全体が痺れていた。ヴァイスは奥深く入れたまま、特定の場所を往復させた。終わりが近づいていることは、エルフィーナにも感覚でわかる。けれど、このまま中で出されたら……わたくしは、妊娠してしまうかもしれない。

「許して……やめてえ」

エルフィーナは、ほとんどわからない小声で呟く。悲鳴をあげれば、それだけヴァイスがおもしろがるかもしれないことは、やりとりで察しがついていた。いまはただ、せめて中だけは逃れるよう、心の中で祈るしかない。

「う」

ヴァイスが、身体を固くした。射精しようとしているのだ。エルフィーナは目を閉じて唇を噛《か》む。と、ふいに内部がずるずると擦れて、妙な空間ができるのを感じた。

「あ……うあっ!」

次の瞬間、エルフィーナのお腹から乳房から唇や頬のあたりまで、大量のヴァイスの精液が飛んできた。

「や……」

生ぬるい、においのあるベタベタしたものが、エルフィーナの身体中を汚していた。

ヴァイスは何度も腰を震わせ、思うさま、エルフィーナの身体に精液を浴びせた。

「ははは……『白の至宝』といわれた公女の、堕《お》ちた姿か」

出し終えても、まだエルフィーナの脚を開かせたまま、恥ずかしいところを眺めている。

と、何かがエルフィーナの身体の奥から降りてきた。ヴァイスは、それを指ですくった。

「ほら、見ろよ。お前の処女喪失の記念の血だ」

透明な液体と混じったそれを、目の前につきつけられたとき、エルフィーナは、ふたたび意識をなくしてしまった。

二度目にベッドで目を覚ましたとき、部屋の灯りはもう消されていた。高い窓から、月だけが細く寝室を照らしていた。

部屋にはエルフィーナひとりきりだった。外にももう、なんの気配も感じなかった。そっと動くと、腰から下が重く痛んだ。そこにまだ、何かがはさまっている感触が、あれが夢ではなかったと伝える。

……。

静かだった。月あかりが、ひどく冷たくよそよそしく感じた。純潔を奪われ、汚された自分を、月も疎ましがっているのだろうか。それとも、空にいるあの方が、わたくしを恨み、嘆いていらっしゃるのだろうか……。

でも。あの方さえ、いまもこの世にいらしてくれたら、わたくしのことばかりではなく、このフィールが、ヴァルドランドに攻められることもなかった。あの方は……わたくしの婚約者であるだけでなく、ヴァルドランドの正統な王になるべき方だったのだから。

「ああ……クオン様……」

秘めていた名を、エルフィーナはそっと口にした。すると、幸せだった日々の思い出が、一気に胸によみがえってきた。平和な空。日を浴びて光る青い湖。父と母。まだ幼かったエルフィーナに、優しくほほえみかけてくれたクオン。みんな……みんな……。

「う……う……」

ベッドに伏せて、エルフィーナは泣いた。運命が悲しくて泣いたのは、思えば、このときが初めてだった。

第二章　戯れの生贄

男がいる。

赤い世界。剣を手に、おれにまっすぐに向かってくる。険しい顔。おれはこの男と戦っている。腕は互角だ。負ければ、こいつに殺されるかもしれない。だが、おれはひどく心を浮き立たせ、男との状況を楽しんでいる。それは……おれが……。

そこでヴァイスは目を覚ました。目の前に、まだうっすらと赤い残像が見えていた。

赤い夢か。

久しぶりに見た気もするな。右手で右目をそっと覆った。この紅《あか》い目に、未来を見る力があるのは本当だった。戦闘時には敵の動きの先を読み、いまのように先の出来事の断片を教えることもある。だが、ヴァイスは夢の男を知らなかった。誰《だれ》だろう。だが、この右目が見たということは、ほどなくして、おれはあの男と出会うに違いない。

「ふん」

ヴァイスはひとり、皮肉に笑った。まあ、勝手に見せられる未来なんかを、気にかけていてもしかたがない。おれは、紅い目が初めて力に目覚めた「あの日」から、未来を思うことを止めている。

見ると、まだ窓の外は月が高かった。気分転換に、夜歩きと行くか。寝台を出てマントをはおり、腰に愛用の剣をさげる。護衛の夜番の目をかすめ、ひとりきりで、ヴァイスはフィラン城を出た。静かな夜。だが、どこかの家か路地裏で、かすかに女のあえぐ声がする。布令はまだ、宣言されたばかりで行き渡らないが、すでに奉仕は始まっているらしい。

ヴァイスはもと来た城を見上げた。湖のほとりの、白い城。あの一室に、エルフィーナがいる。白い肌、長い金髪に、たおやかなしぐさの美しい姫。おとなしそうな顔をして、このおれに、ヴァルドランドの兵を引けと言った。凛《りん》とした、王家の人間らしい態度だった。

だがおれは、その「白の至宝」に傷をつけ、媚薬《びやく》で乱したあげく犯した。泣いて嫌がるエルフィーナに、無理やり大股《おおまた》開きをさせて、容赦なく破瓜《はか》の血を流させた。

——だから？

関係ない。後悔などしていない。美しい姫だ、欲しいと思った、だから奪った。それだけだ。

ヴァイスはふたたび城に背を向け、夜の街を気ままに歩きだした。ひんやりとした風が気持ちよかった。と、少し細い道に入ったところで、行く手を3つの影がさえぎる。

「誰だ」

問いかけたが、影の返事はない。顔を深めの覆いで隠して、音もなく近づいてきた次の瞬間、短剣の先がヴァイスを狙《ねら》っていた。

暗殺者か！

予感していた右目がちりりと熱くなった。赤い世界に、動きを止めた奴等《やつら》が見える。右からひとり、左にふたりか。ヴァイスは左右に斬《き》り払った。一瞬先の動きを読んで待ち受けているヴァイスの剣に、暗殺者たちはみずから飛び込んでいくように屠《ほふ》られる。だがまだ後ろに刺客がいる。紅い右目が、背後から斬りかかってくる姿を見た。振り向かず、ヴァイスは右目が教えたとおりの場所を突き上げた。ずぶりと人を貫く重い感覚と、剣をつたって手に落ちる血で、一瞬、ヴァイスの動きが鈍る。そのとき、暗殺者がまたひとり、正面からヴァイスを狙って斬りつけてきた。

「――――っ！」

剣が遅れた。黒髪の先端がパラパラと切られた。まずい、体勢が不利になる。かえす刃でさらに斬りかかる暗殺者。と、ふいにその剣の動きが止まった。暗殺者の背後で、何かが風のようにゆらりと動く。同時に、暗殺者は首筋から大量の血を吹いて、地面にどっと倒れ伏した。

いまの剣は……。

　ヴァイスは思わず息をのんだ。暗殺者は、おそらくはヴァイスの力と腕を知る何者かが雇った手練《てだ》れのはずだ。それを、このおれにさえ気配を悟られずに倒すとは。

「助かった……と、しておこうか」

　罠《わな》に対する警戒を残しつつ、ヴァイスは剣の使い手に声をかける。その男は、体中を覆うような外套《がいとう》から、痩《や》せた手首と足首だけを見せていた。ヴァイスが顔を覗《のぞ》こうとすると、無言のまま、外套をばさりと脱いだ。

「……」

　月明かりに照らされた姿を見て、ヴァイスはもう一度密《ひそ》かに驚く。あれほどの使い手とも思えぬ細い身体《からだ》は、ほぼ見えるかぎり痛ましい包帯に覆われていた。髪は白髪のような銀髪、顔も、包帯の隙間《すきま》から、かろうじて左半分が見える程度で、右目は失われているのだろうか、すべて包帯で隠されていた。

「この身体で、あれほどの剣を使うのか」

「……」

「お前の名は？　口をきくことはできるのか？」

「ケイ――」

　言いかけて、男はいったん口をつぐんだ。そして、思いのほかはっきりとした口調で、

「クオンだ」

「な……」

今度こそ、ヴァイスは驚きを隠さなかった。クオン。それが、ヴァルドランドでどんな意味を持つ名前なのか、知らない者はないはずだ。

「そう。クオンだ」

だが、男は——クオンは、繰り返しその名を名乗る。隻眼《せきがん》が、ヴァイスをゆっくりと見た。そこには、なんの感情の色も浮かんでいない。少しの間、ヴァイスはその名を胸で噛《か》みしめた。そして、目の前のあやしい男をまじまじと見た。

「く……ふふふ……ハハハハ！」

やがて、ヴァイスは自分の思いついた考えに笑い、笑いながらクオンにうなずいた。

「気に入った。クオン、明日にでもフィラン城へ来い。おれは、ヴァイスアード・アル・バーシルだ。ヴァイスの命で、クオンが参上したと門番に言え。ハハハ……」

クオンは、何も答えずに、くるりとヴァイスに背を向けた。だがヴァイスは、彼は必ず城に来ると信じた。うつろな左目にほんの一瞬、殺意めいた光が宿ったからだ。


「——では、本国への奴隷移送に関する件は以上です。つぎに、奉仕住民の登録と管理方法についてですが……殿下。お聞きになっていらっしゃいますか」

白髭《しろひげ》を長くのばしたルージアが、眉《まゆ》をひそめてヴァイスを見つめていた。

「ああ。続けてくれ」

まったく、朝から元気なじじいだ。昨夜は城に帰ったとたん、ヴァイスはこのルージアに見とがめられ、寝ずにお探ししましただの、お立場の自覚がどうのこうのと、長い説教をくらったというのに。ヴァイスは思わず欠伸《あくび》をした。

「殿下。いまは大事な会議中ですぞ。ご自身がなされた『布令』の課題と、潜伏する元フィールの残党問題について、ご判断をいただかねばならぬというのに」

「まあまあ、ルージア卿《きょう》。そう目くじらをたてなくとも」

間延びした声が、ルージアをさえぎる。

「殿下のこのたびのフィールの件、じつに見事な統治であると、本国の陛下《へいか》もいたくお喜びのことですし」

媚《こ》びるようにヴァイスを庇《かば》うのは、でっぷりと太った貴族のバディゼだ。空々しい、とヴァイスは内心、鼻で笑った。ルージアとバディゼはともに大臣の地位にはあるが、ルージアが、ヴァイスを幼い頃《ころ》から見てきた侍従で、忠誠ゆえに口うるさくなることもあるのに対し、バディゼは、父バンディオスが目付役として、本国から寄越《よこ》した人間だからだ。

父が、子の統治に監視をわざわざつける――それだけで、あの親父《おやじ》がおれをどう思っているかは、誰にでもわかりそうなものじゃないか。

「とはいえ、殿下に万一のことがあっては、陛下はいたくお嘆きになり、このわたくしにも、咎《とが》が及ぶやも知れませぬ。どうか御身はご大切に」

ふん、まだ冗談を続けるか。おれが死んだところであの男は、嘆くどころかふた月は笑い続けるに違いない。おれが死んで、少しでも悲しんでくれる誰かがいるとしたら……それは……。

「殿下ははまだまだお若いのですから、夜をお楽しみになりたいのはごもっともですが」

バディゼはしつこくしゃべり続けた。お楽しみ、と口にしたところで、丸い片眼鏡《かためがね》の奥の細い目で、末席を見てにやりと笑った。ルージア以外の大臣たちも、同じ薄笑いを浮かべてその座を見る。視線の先で、エルフィーナが小さくうつむき、震えていた。大臣たちが自分の裸や、処女喪失の場面を想像していることは、エルフィーナにもわかるだろう。だが「フィールの国がどうなるのか、国民がどうしているのかを、会議に出席して知りたい」と言い出したのはエルフィーナだ。この程度のことは覚悟のはずだと、ヴァイスは出席を許可していた。

「ううう」

カタカタカタと何かが小刻みに震える音がして、同時に妙なうめきが聞こえた。見ると、給仕のメイドが飲み物をヴァイスに出そうとしたまま、半泣きでわなわなと震えて固まっていた。カタカタは、カップと皿の鳴る音だった。

「うう……姫さま……う……うっ……」

　このちっこいのは、たしかアンとかいうエルフィーナ付きの侍女だな。どうでもいいが、そのまま泣かれると飲み物にハナ水が入るんだが。

「おい。そいつをとっととテーブルに置くか引っ込めるかしろ」

「ひいっ！」

　脅《おど》したつもりはなかったが、アンは猟師に出くわした子ウサギのようにひどく驚き、手にしたカップを放り投げ、後ろに跳ねて尻もちをついた。長いスカートがめくれて細い脚と股間《こかん》の白い下着が見えた。

「あああ！　し、失礼しましたあー」

　アンは慌ててスカートの裾《すそ》を手で隠した。

「それよりも、こっちをどうにかしろ……」

　投げられたカップがひっくり返り、ヴァイスの頭の上に乗っている。

「ああーっ！　ご、ごめんなさいごめんなさい！」

　カップを取ろうと近づいた拍子に、今度はヴァイスのマントを踏んづけ、アンはヴァイスの胸に飛び込むような格好になった。反射的に、ヴァイスがアンを抱き留めて押さえると、

「侍女め、王子に何をする！」

「粗相の振りで王子の命を狙うつもりか？」

大臣たちがさっと気色ばんだ。

「裸にむいて、刃物などを持っていないか確かめたほうが良いですな」

尖《とが》った口ひげを指で撫《な》でながら、バディゼが好色そうな細目でアンを見た。

「お待ちください。アンは、この侍女はそのような娘ではありません」

「ほう、庇い立てですかエルフィーナ殿。まさかあなたのご命令で？」

場がざわざわと不穏になった。ずっと控えて、様子をうかがっていたハーデンとラッセが、いつの間にかさりげなくアンの両脇《りょうわき》に立ち、ズゥはヴァイスを護《まも》るように背後にいる。

ヴァイスは少々うんざりした。たかがメイドの粗相じゃないか。どいつもこいつも、嘘《うそ》くさい真剣ぶった顔しやがって——。

「申し上げます！」

ヴァイスが座を立ち上がりかけたとき、ナスタースが部屋へ飛び込んできた。

「先ほどから、ヴァイスアード殿下にお目通りを願っている男がおります」

「——ほう」

やはり来たな。

「その男の名は？」

ヴァイスはあえてこの場で尋ねた。ナスタースは、その名を無理に吐くように答える。

「……クオン、と」

ざわめいていた空気が凍った。ヴァイスは爆笑をこらえて頬《ほお》を歪《ゆが》めた。


「フフフ」

城の廊下を自室へと歩きながら、ヴァイスはまだ思い出し笑いを浮かべていた。

クオン、と聞いた大臣どもの顔ときたら。死に神が来たとでも言われたようなうろたえぶりだった（ある意味それはそのとおりだが）。それともうひとり、あの……。

「お待ち下さい」

呼び止められて振り返ると、いま思い浮かべた顔がヴァイスを見ていた。

「なんだ？　今日はまだ、奉仕するには時間が早いぞ」

エルフィーナはかっと顔を赤らめた。

「……ち、違います。先ほどの……クオン、と名乗る男のことです」

「なんだ。おれに無期限に買われた身で、もう他の男に興味がわいたか？　昨夜のあれが、よっぽど気持ちよかったらしいな」

エルフィーナは赤い顔のまま、悔しそうに唇を震わせる。ヴァイスは愉快だ。バディゼらが、この姫を言葉で辱めるのは正直おもしろくないが、自分が同じことをするのはいい。

こいつはおれの所有物だから、何をしようとかまわないのだ。

「クオンなら、いまハーデンたちと食堂にいるぞ。あいつはこれからハーデンやラッセと同様に、おれ私設衛兵にするつもりだから、まずあの三人に会わせないとな」

「私設の……？」

「面倒だから先に答える。クオンは片目の銀髪の男だ。腕はたつが、不気味なほど醒《さ》めた目をしてる。そして恐らく、おれの命を狙っている」

「……」

「そんな男をわざわざ傍《そば》に置く理由は、おもしろいから。それだけだ。お前にとってもおもしろいだろう？　おれがクオンという名の男に殺されたら」

エルフィーナは何も答えなかった。ヴァイスは少し不機嫌になった。

「そのとおりだろうが。お前は10年前に死んだクオン王子の婚約者で、クオン王子が死んだからこそ、親父が王でおれが王子と呼ばれているんだから」

10年前、当時のヴァルドランド王であったカルディアスと、その王子クオンは、フィールを訪れた帰り道、事故に遭い、行方がわからなくなった。恐らくは、谷に落ちて共に死亡したものとされ、王位はカルディアスの弟であった現国王、バンディオスが継承した。

だが、クオンの名が持つ意味はそれだけではない。バンディオスは、力ある者の支配が当然とされるこの世界においても、なお暴君と呼ばれる王だった。血を好み、徹底した恐怖で人々を締めつけた。そんな王への不満を募らせた人々がついに反乱を起こし、ヴァルドランドは大いに揺れた。そして、その反乱の首謀者の名がクオン——あの事故で生き残った王子クオンであり、正統な王位継承者だと言われたが、やがて反乱が鎮圧されると、彼は同名の別人であり、噂《うわさ》は人々の期待によるものだったと判明した。首謀者は斬首《ざんしゅ》の刑に処されたが、ことはそれだけでは終わらなかった。クオン王子の亡骸《なきがら》が見つからないため、やがて第二、第三のクオンが現れると踏んだバンディオス王は、なんと、国中の「クオン」という名を持つ男を、ことごとく惨殺したのだった。

以来「クオン」は「ヴァルドランドに仇《あだ》なす者」を指す忌み名となった。

「わたくしは……もう、誰の血も望んではおりません」

エルフィーナはか細い声で首を横に振る。

「なら、なぜクオンの名にこだわる。まさか本気で、クオン王子が生きて帰るのを待っているのか？　10年前は、お前も幼かったはずだ。それを、あのころから……ずっと、あの、クオン王子に惚《ほ》れていたとでも」

エルフィーナはいくらか恥じらいを含んだ目を伏せた。ヴァイスの胸がもやもやした。

昨夜自分が売春婦として買い、処女を奪ったはずの姫が、死んだ男をいまも想《おも》っていることも憎らしい。だがそれ以上に、エルフィーナのせいで、自分自身も10年前を思い出したことが憎かった。少年の頃、クオン王子の騎士になるのだと、無邪気に彼に憧《あこが》れた自分。

まだこの右目は力に目覚めず、傍には、いつもあの女《ひと》がいて……。

「来い」

荒々しく、ヴァイスはエルフィーナの腕をとる。

「あ！　何を……」

「気が変わった。とりあえず、クオンの世話はハーデンたちにまかせて、いまからお前に奉仕をさせる」

幸せの記憶を呼び起こすのは、ときに不幸のそれよりも罪だ。

「そんな……ああっ痛い、お離しください、この腕を、離して……」

「ああああああ。あのう」

「うるさいぞ！」

背後からまたおどおどと呼び止められて、ヴァイスは振り向きざまに相手を睨《にら》む。

「ひえーん！　すみません、お許しください、わたしわたし、ただ、わたし……」

掃除道具を手にしたアンが、半泣きの緊張した顔で立っている。

「わたし、殿下に、先ほどのお詫《わ》びを、きちんとしていなかったのを思い出して……そ、それで、わたしがドジのせいで死罪になっても、姫さまは、無関係ですってそれだけどうしても言いたくって……ごめんなさいごめんなさい」

アンはひたすら頭をさげた。廊下の掃除中にヴァイスの姿を見かけ、慌てて寄ってきたのだろう。いまのエルフィーナとの会話も、状況も、何もわかっていないに違いない。ヴァイスは上から下までアンの姿をまじまじと見た。小さく細く、顔も身体も幼さが残るアン。見かけ同様、無邪気である意味怖い者知らずで、主人を一途に慕う娘……か。

「殿下。ご用があるなら、わたくしの部屋へ参りませんか」

ふいに、それまでの態度を変えて、エルフィーナがそっとヴァイスを促した。

「なんだ。どういう気の変わりようだ？」

「……べつに……アン、あなたはもう行ってお掃除を続けなさい」

そこでヴァイスはピンときた。エルフィーナめ、おれがこの娘を見たのに気づいて、興味を遠ざけようとしているな。

「いや。おれはお前の部屋には行かない。かわりに、このメイドの部屋へ行く」

「えっ？」

腕をとられて、アンはきょとんとして目を丸くした。

「お許しください。アンはまだ、何も知らない娘です」

「ハハハ、昨日までお前も同じだったくせに、何を偉そうに言っている。第一『布令』を忘れたか？　旧・フィールの女に、奉仕の拒否権は与えられていない」

必死にくいさがるエルフィーナに、ヴァイスは嘲笑《ちょうしょう》を投げつけた。

「さあ、行くぞ。とっとと部屋に案内しろ」

「殿下……でも、でも、わたし、お掃除が」

「他の者にさせておけ。いまからお前は、おれ付きのメイドだ。エルフィーナの用をするのはいいが、おれの命令が最優先だ」

アンは不安そうにエルフィーナを何度も振り返りながら、ヴァイスに追い立てられて歩き出した。なぜです、とエルフィーナが背後からせつなくヴァイスに問いかける。

「なぜ、あなたはこんなひどいことを……」

ひどい？　この程度でか。

ヴァイスは振り向かずに苦笑した。そしてそのまま、

「おれの理由はいつも同じだ。おもしろいから。それだけだ」

エルフィーナがうっと嗚咽《おえつ》を漏らすのが聞こえたが、構わずヴァイスはその場を去った。


アンの部屋はこぢんまりとした個室だった。

「あ、あのわたし……ヴァイスアード様……」

ベッドに腰をおろしたヴァイスに向かい、アンは指先を摺《す》り合わせながら、困りきって拗《す》ねた顔をしている。

「なんだ。まさか『奉仕』の意味も知らないガキだというわけじゃあるまいな」

「……でも、本当に、何からどうすればいいのかわかりません。ごめんなさい」

「仕方ないな。とりあえず、服を全部脱げ」

「えっ！　全部ですか？」

「当たり前だ。が、まあ靴下とヘッドドレスは残してもいい」

「うう……」

アンはキョロキョロと床のあちこちに目をやりながら、背中のエプロンの結び目をほどいた。が、そのあとはメイド服の衿《えり》に手をかけたまま、動こうとしない。

「じれったいな。いい、おれが脱がせてやる」

「あっ！　や、いやっ！」

ヴァイスが背後から抱きすくめると、アンはじたばたと暴れたが、抵抗のうちにも入らなかった。ヴァイスはまだアンの肩にかかっているエプロンの紐《ひも》はそのままに、長いスカートをめくりあげる。かさばる布地が邪魔くさかったが、留め具を見つけて外してやると、ストンと輪になって床に落ちた。平たい腰と、丸いが小さい尻の割れ目と、頼りないほど細い両脚があらわになった。その脚が、股間の白い下着を隠そうと、懸命に内側で寄り添っている。ヴァイスはその両脚の間に後ろからぐっと膝《ひざ》を入れ、隠せないようにしてやった。そのまま、今度は上着を脱がせてやる。衿から胸あたりを開きながら、ついでに乳房のあたりをまさぐってみた。

撫でる程度に触れただけなのに、アンはびくんと身をすくませる。

「痛いっ」

「痛むようなことは（まだ）してないぞ」

「うっ……胸、ちょっと触られるだけでも、痛いんです」

「乳がこれから膨らむからだな」

どれ、とヴァイスはメイド服の衿をぐっと開いて、アンの乳房を露出させた。ああっとアンが赤くなってうつむく。アンの乳房は、身体つき同様にまだ小さくて、三角形に浮いた乳輪につまみあげられたような形をしていた。エルフィーナの見事な乳房に比べ、こっちはまだ発育が始まったばかりのように未熟だが、未熟にも、それなりの楽しみはある。

ヴァイスは乳輪をつまんで外向きに引っ張り、こねまわして先端の乳首を勃起《ぼっき》させた。

「あっ……ん」

乳首は触られても痛くないらしい。アンは鼻にかかった声をあげ、モジモジと左右に肩を揺すった。さらにかるく揉《も》みつぶすようにしてやると、乳首は指の間で固さを増して、やや上向きに小さく反った。幼い顔の小さい胸に、乳首だけが大人の女と同じ快感をあらわしているさまが、淫乱《いんらん》の素質を感じさせた。

「気持ちいいのか」

「う……はあ……へんな、感じですぅ……身体が、ジンジンしてっ……あ……」

「ここはどうだ」

「ひんっ！　いやぁあ！」

背後から抱きすくめた姿勢のまま、ヴァイスはアンの股間に触れた。そこはわずかに湿っているが、まだ本格的には濡れていない。

「そんなところ、触ったら汚いですっ」

「汚いところをいじると気持ちいいんだぞ」

「ひいん……やぁあ……」

ヴァイスはアンの割れ目を布ごしに指で擦《こす》ってやる。いや、いやと逃げようとするたびに、アンの足から力が抜けて、股間と乳房を触るヴァイスの手に、全身を預ける格好になってしまう。

「だめです……あの、なんかあの……」

何かをガマンするように、きゃしゃな両膝が小刻みに揺れた。

「小便したくなってきたのか」

べそ顔で、アンはこくりとうなずいた。

「だめだ、ガマンしろ。おれに小便をかけたら許さないぞ」

低い声で脅すと、アンはびくんと硬直して、同時に少々、失禁してしまった。ぴゅるっとなま温かいものが、ヴァイスの指にもかかって濡れた。

「ひいっ……あ……ごめんなさい……うわあん……」

アンは震えながら泣き出した。大粒の涙が、丸い雫になってポロポロ落ちた。

「うるさいぞ」

ぱかっと開いたアンの口に、ヴァイスはアンに濡らされた指を突っ込んだ。

「うぐっ」

「この指は、お前の舌できれいにしろ」

「んっ……うう……」

苦しげに顔を歪めながらも、ヴァイスに叱《しか》られるのが怖いのか、噛んだり吐き出したりすることもなく、アンは自分の尿がついた指を舐《な》めた。

「唇でしゃぶれ」

ヴァイスが指を動かすと、言われたとおりにしゃぶりついた。チュウチュウと唾液《だえき》を啜《すす》る音がする。ヴァイスは空いているほうの手で、アンの手をとり、後ろにまわして自分の股間に触れさせた。

「うあ!?　こ、こえはなんえふか？」

指をくわえたまま訊《き》いてくる。なんですかってお前、この期に及んで。

「いまからお前が奉仕するモノだ」

ヴァイスはいったんアンを解放し、ベッドに座って自分の前をくつろげる。アンは赤い顔ではあはあ息を整えていたが、ヴァイスを振り返って悲鳴をあげた。

「いやああっ！　やらしい、いや、怖い」

上を向いた男のものを見て、アンは両手で顔を覆った。が、ヴァイスはアンを引き寄せて、無理に顔から手をどけさせる。

「奉仕のやり方を教えてやる。これからおれがお前にこれを見せたら、いつでも床にひざまずいて『メイドのアンでございます。ヴァイスアード様のチ×ポに発情いたしましたので、しゃぶらせていただきたいのですが、よろしいでしょうか』と言え。おれが許可したら『ありがとうございます』と言ってこれを口に入れるんだ」

「うう……」

おずおずと、アンはヴァイスの開いた脚の間に膝をついた。間近になった男のものに、わずかに眉をひそめたが、ヴァイスが上から睨んでやると、目をつぶってそっと口を開けた。が、そのまま動きが進まない。

「早くしろ。まさか、しゃぶれませんとでも言うつもりか」

「あう、すみません……なんて言えばいいか忘れました……」

ヴァイスはあやうく萎《な》えそうになった。

「バカ！　もういい、お前もこれからじっくり調教してやる。いいから、いまはこいつをしゃぶれ。歯をたてたりしたら承知しないぞ。根もとをちゃんと手で持って、まず全体をペロペロ舐めろ。先のほうをとくに念入りにな」

「わかりました……」

言われたとおり、アンは小さな両手でヴァイスの逞《たくま》しい根もとを包み、先端に唇を近づけて、三角形の舌でペロリと舐めた。ペロリ、ペロリ、仔猫《こねこ》がミルクを舐めるような動きで、舌を出したり引っ込めたりしながら、先端を丁寧に舌で湿らせる。ザラザラした舌の感触が、ヴァイスの先端を何度も擦った。

「先のほうが、笠になって広がってるだろう。そこの一番広がってるところと、茎の境目をよく舐めろ。舌で溝を掃除するつもりで、少し力を入れて構わない」

「はい」

アンは舌を横にしてくびれた部分を一周したり、舌先を差し込むようにして舐めた。ペチャ、ペチャッと舌が粘膜をなぞる音がする。力の入れ方はまるで下手《へた》だが、舐めさせる気分は悪くなかった。

「ひととおり舐めたら、今度は唇に含んで奉仕だ。全部飲み込もうとしなくていい。先のほうだけ、口の中に入れて、いまの溝が唇に当たるように出し入れする」

「あふ……っ……んっ……」

アンはうなずき、小さな口をいっぱいに開いて、ヴァイスの先端を口に含んだ。むぐ、とむせる喉《のど》の動きが、ヴァイスのものにも伝わってくる。苦しいらしい。ヴァイスはアンが吐き出せないよう、頭の後ろをかるく押さえた。アンはびくっと目を開き、苦しげに眉を寄せたまま、ゆっくり、顎《あご》を前後した。

「んぐ……」

唇の端から、涎《よだれ》が零《こぼ》れてアンの顎から喉もとへ零れる。口の中で、おどおどと迷っている舌が、いい具合にヴァイスの感じるところにあたる。先端がまた張って大きくなった。

「動かしながら、中身を吸い出すつもりでしゃぶれ」

「んんっ……くう……」

ヴァイスはアンの頭を揺すり、唇の往復を速くした。アンはさらに辛《つら》そうに顔を赤くして、きつく目を閉じて涙を浮かべる。どうにかして、命じられたとおりしゃぶろうとするのだが、動きについていけないらしい。涙はあとからあとから流れ、喉の入口もヒクついている。限界か。こっちも、そろそろ挿入したい。

「もういいぞ。いずれ、うまいやり方を覚えさせる」

髪をつかんだまま顔を離すと、アンは、背中を上下させて何度もむせた。涙と涎で、顔中がテカテカ光って汚れていた。

ヴァイスはベッドにあおむけになった。

「こっちへ来い」

アンをベッドに上らせて、まだまとわりついていた服を脱がせる。改めて触ると、アンの肌は吸いついてきそうにみずみずしく、痩せてはいるが柔らかだった。尖った乳房と、くびれの少ないウエストと、やや丸い下腹部が子供っぽい。

「いやっ、見ないでえっ」

隠そうとする手をつかんでどけると、あの部分も子供同然だった。つるんとして毛がなく、三角形の丘の盛り上がりも控えめで、正面から見た割れ目が妙に目立っている。こんなところに、男のものが入るだろうか？　いや、あえて入れるのもおもしろい。

「じゃあ、ここからが奉仕の本番だ」

「えっ……」

「お前のここに、おれのこいつを入れるんだよ」

「あっ！　やっ！」

ヴァイスはアンを抱えて自分の上に乗せると、腰をまたがせる格好にして、ぐいっと股を開かせた。

「ああー……いやああ……」

恥ずかしいところをヴァイスに晒《さら》して、アンはまたべそべそ泣き始めたが、構わずに、割れ目に指を差し込んで、ぐっと開いて観察した。厚みのあるピンクの肉襞《にくひだ》が現れて、見られた瞬間、怯《おび》えたようにヒクッと震える。外側に比べると厚みがあって、さっき失禁したあたりが少し濡れていた。入口は本当に狭そうだ。クリトリスは生意気に大きいから、いじってやれば感じて多少は潤うだろうが、また小便をされると面倒だ。ヴァイスのものは、アンの唾液で濡れているから、押し込めばどうにかなるだろう。

「ひい……ひいいい……」

アンの割れ目を、ヴァイスの先端が何度も探るように往復した。やがて、ぴたりと狙いを定め、ヴァイスはアンの腰を抱えて、少しずつ、勃起したものの上におろしていく。幼い割れ目が、男のものを挟んで開いた。が、内側の襞はまだぴったりと塞《ふさ》がって、ヴァイスの行く手を阻んでいる。

「ち、面倒だな。おい、自分の指で少しここをいじってマ×コを開きやすくしろ」

「うあっ！　や、いやっ」

アンの手をとり、指をクリトリスの上に置いてやると、アンはびくっと背中を反らして、慌ててその手を引っ込める。

「いいからやるんだ。いま指が、ちょっと出っ張ったところに当たったたな？　そこをいじるとお前も少し気持ちよくなる。小便が出ても構わんから、こうして指で押してやるんだ」

「ああ！　や、ヘンな感じ……やだ……やだあ……」

教えるつもりでアンの指に指を重ねてついてやると、アンはいやいやと首を横に振る。

「そのまま指を離すなよ。手をどけたら、奉仕拒否として投獄する」

「うう……あうっ⁉　あ……は……」

泣きながら、アンはヴァイスにまたがったままで、脚を開いて自分のクリトリスを刺激した。最初はおそるおそるだが、やがて、何かを感じたらしく、戸惑いながらも、指をどけない。ヴァイスのものが当たるあたりも、わずかに、柔らかくなったようだ。ヴァイスは両手でアンの腰骨を支えると、もう一度ゆっくり挿入を始めた。ピチ、とすでに何かが裂ける感触。痛い、とアンが悲鳴をあげる。だが、ヴァイスはもう腰の手を離さずに、さらに奥へと突き進んだ。

「いいい……痛いです……うう、痛いです殿下……」

小指の爪《つめ》ほどの挿入なのに、幼い割れ目は、すでにいっぱいに広がって、ねじ込まれているところから、赤い血が滲《にじ》み出している。正直、ヴァイスも少々痛い。が、血がうまい具合に潤滑剤となるだろう。みしっ、みしっと少しずつ割れ目を押し広げ、男のもので、アンの身体を貫いていく。アンはビクビクと震えながら、クリトリスを押そうとしてみたり、広げられる痛みに耐えかねて、腰を浮かそうとしたりした。乳房の下や、うなじのあたりに、汗が滲んで光っている。痛い、痛いと何度も叫んで首を振るのだが、ヴァイスの手でしっかりと押さえられた下半身は、すでに逃れることはできない。あと少しだ。とりあえず、先端だけでも入れてしまおう。ぐいっと、つよく力を入れて、アンの腰を深く沈めてやった。太い部分が、アンのあそこに突き刺さって入った。

「痛あいッ……痛い、痛い、痛いよう……うえええん」

刺さった両側から血を流しながら、アンは大声で泣きわめいた。腰をずりあげようとするのだが、一度入るとそれはくさびのようにきっちりとアンの内部とあわさって、抜こうにもうまく動けないらしい。

「もう諦《あきら》めろ。あとは、全部入れておれが終わるまでこのままだ」

「うええん……いたい……あそこがいたい……」

アンはヴァイスの言うことなど聞こえないかのように泣いている。相手が王子で、自分が奉仕の義務を負うメイドだということも、頭から飛んでいるに違いない。それならそれで好きにするかと、ヴァイスは、一気にアンの腰を自分の腰にくっつけて、根もとまで深く挿入した。ずりずりずりっと狭い肉の壁を押し分けて、ためらいなく処女膜を突き破る。

「あ……」

それが失われた瞬間、アンはうつろに目を見開いて、喉で乾いた声をあげた。

「中に入ってるのがわかるだろ？　ほら、こうやって動かすと」

にやりと笑い、ヴァイスは下から腰を突き上げる。開脚させた股間の穴に、ヴァイスのものが深く入って、上下に動いているのがよく見えた。毛もほとんどない未熟なそこが、無理やり女にされている眺めは、思いのほか、ヴァイスを興奮させる。内部は狭く、必死に異物を追い出そうとするかのようにヴァイスのものをぴったりと包んで、押し返さんばかりの弾力があった。包まれた中で小さく動くと、締めつけがさらにきつくなり、擦りつ

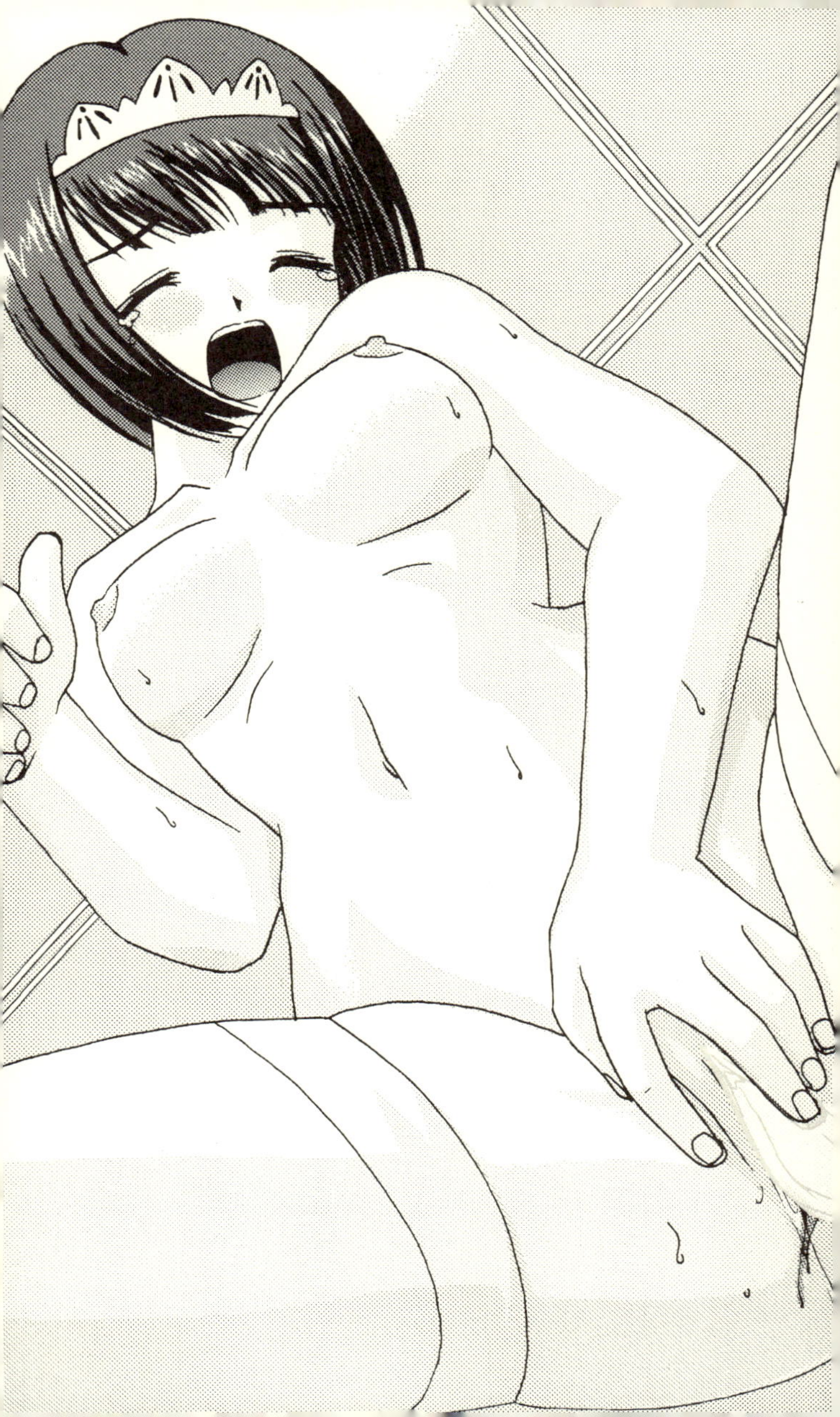

けた先端が熱くなる。単調な動きを繰り返すと、いい具合にあれが膨張して固くなった。

「うあっ、ああ、あ、ああ」

アンはただ、泣いて首を横に振りながら、ヴァイスのいいようにされている。幼い乳房の乳首だけが、まだ誘うように上を向いていた。ヴァイスとつながっている部分はもう、血やら何やらでドロドロだが、アンはもう、それを恥じらう力もないらしい。

「よし」

ヴァイスは動きを速めていった。抱き人形のようにかるいアンの身体が、上下に跳ねて揺れている。この丸みのある幼い腹に、おれは子種を仕込もうとしている。たまった液を吐き出して、腹の中に、精子を全部ぶちまけてやって。

「ひっ……ひいいっ……ぃやあ……ぃやああ……」

動きを止めて深く突くのと、アンがかすれて長い悲鳴をあげたのがほぼ同時だった。本当は、ギリギリに出して身体にかけてやるつもりだった。が、あまりに狭いアンの中から、引き抜く頃合いを見るのが難しく、結局、ヴァイスはびくんびくんと自身を震わせ、体内で射精してしまった。

半ば放心しているアンに適当にあと始末を教え、ヴァイスはメイド部屋を出た。

外はもうそろそろ日が西に傾いているらしかった。クオンはおれを、待ちくたびれているだろうか？　案外、そのへんから早くもおれの隙をうかがっているかもしれないな。

……。

「――なんだ」

足を止め、ヴァイスは片眉をつりあげて、背後の気配に声をかけた。

(――剣技場で)

物陰から、かすかに気配が人の声で答える。

(あの男が……クオンが、ハーデンとラッセをうち負かしました)

「剣の腕を試して歓迎したか。あいつららしいやり方だな」

(クオンは、仲間と認められ、羽の印を渡されました)

「二人ともに勝つとはやはり相当の使い手だ。伊達《だて》にクオンを名乗るわけではないらしい」

ヴァイスはくっと笑ったが、気配の主は同調しない。

(本当に……)

「ん？」

(本当に、ただおもしろいというだけで、あの男を召し抱えたのですか。クオンの名を持つ、あの男を……)

「それだけが理由では不服なのか？」

（……いえ）

だが声はあきらかに何か言いたげだった。ヴァイスは微笑して窓を見上げた。夕日がエルイン湖を照らしていた。さざ波が光って美しかった。

「いいじゃないか。とにかく、これで何かが始まる」

紅い右目に、かすかに昨夜見た夢の残像が浮かんだ。

第三章　毒の種

ああ……また生きて、図々しく朝を迎えてしまった……。

目覚めが厭《いと》わしいなどと、以前の自分なら考えられなかった。悲しいことや、辛《つら》いことがあった日も、森の緑と蒼《あお》い湖、父と母、そして国の人々のあたたかい笑顔が、エルフィーナの心を癒《いや》してくれた。でも、いまは……城の窓から見える湖と森だけは、変わらずに美しいけれど……。

「『布令』は順調に効力を発揮しております。ヴァルドランドの者だけでなく、奉仕国フィールの噂《うわさ》を聞きつけ、この地を訪れる貴族や商人も徐々に増えています」

会議に出れば、国が屈辱的な扱いを受け、女性たちが辛い目にあっている現実を知らされる。それでも、公女として逃げることは許されないと自分に言い聞かせ、エルフィーナは黙って末席に座り、大臣たちの報告に耳を傾けた。

「治安はどうだ？　略奪や暴力、人殺しは増えていないか？」

「まるでないとは申せませんが、状況下においてはたぶんに良好な状態かと」

「そうか。引き続き注意は怠るな。それから、収益の配分についてだが」

報告を受け、ヴァイスは淡々と国事をこなしていく。見ていると、この冷静な若い統治者が、いっぽうでは自分に淫《みだ》らなまねを強要し、笑いながら辱めているとは思えない。最初に純潔を奪われてから、もう何度、恥ずかしい目にあわされただろうか。ある時は犬のように四《よ》つん這《ば》いにされて後ろから犯され、ある時は上になるように命じられ……あるいは、口や……もうひとつの、更に恥ずかしい場所での奉仕を求められ……。

「どうした、エルフィーナ。顔が赤いようだが」

ふいに言われて、エルフィーナははっと我に返った。いつの間にか、ヴァイスがこちらを見てニヤニヤ笑っている。考えていたことを見透かされたようで、エルフィーナはますます頬《ほお》を熱くした。

「ふふ、そうだなここで一息入れるか。おい給仕、茶を持ってこい」

ヴァイスは使用人が控えているカーテンの向こうに声をかける。はい、とアンの返事が聞こえた。だが、アンはもじもじとカーテンの陰から顔だけをのぞかせて、出てこない。

「何をしている！　殿下が所望だというのに、この愚図が」

バディゼが眉《まゆ》を寄せてのしった。アンはびくっと身をすくませて、やがて決意したように姿を見せる。

「な……！」

そこにいた全員が目を丸くした。エルフィーナは、本気で椅子《いす》からひっくり返った。

「アン！　あ、あなた……」

「もも、申し訳ありません、姫さま……」

アンはいやらしいメイド服を着ていた。スカートは、太腿《ふともも》が全部見えるくらいの短い丈で、少し動くと丸いお尻や三角形の前がチラチラする。上は、両袖《りょうそで》はきちんとしているが、身は乳房の下までしか布地がない。小さな乳房は剥《む》き出しで、革のベルトできつく上下を挟まれて、外向きに飛び出して歪《ゆが》んでいた。細い首には、いかつい金具のついた太い首輪がかけられて、アンの従属を強調していた。

こんなものを、アンに着せるのは一人しかいない。

エルフィーナは、きっとヴァイスを睨《にら》みつけた。

「ああ、その侍女は乳の発育が良くないだろう。哀れだから少しでも乳が大きくなるようにとそうしてやった。人目に晒《さら》して興奮すれば、膨らみも少しは増すだろうからな」

涼しい顔でヴァイスはエルフィーナの視線を流した。

「おお。殿下にそのような情けをかけていただけて、幸せな侍女でございますな。ではわれわれも、殿下のお心にかないますよう、じっくりと見物いたしましょう」

バディゼがわざとらしく深くうなずき、にやにやして片眼鏡《かためがね》を光らせる。

「みなさま……お、お茶でございます……」

アンの盆を持つ手がカタカタと細かく震えている。苦り切ったルージアをのぞいた大臣全員が、無遠慮な視線をアンの乳房に張りつかせた。あんな姿で男たちひとりひとりに給仕など、泣きたいほど恥ずかしいに違いない。頬も腕も、乳房も赤く染まっている。

「さて、大まかな報告はこのくらいか」

ヴァイスは何食わぬ顔で、出されたカップに口をつけ、会議を進めようとする。そんなところが、余計に憎らしいとエルフィーナは思う。

「会議中、失礼いたします」

「おう、ナスタースか。どうした、またおもしろいヤツでも城に来たのか？」

「先ほど、ヴァルドランド本国より書状が参りました」

「……持ってきてくれ」

ナスタースから書状を受け取り、ヴァイスは無言で目を通した。と、その顔からいつもの皮肉な笑みが消え、エルフィーナが見たことのない暗い目になる。読み終えて、ヴァイスは書状を広げたまま片手に持つと、背もたれに身をあずけてため息をついた。

「いかがなさいましたか殿下」

「親父《おやじ》が来るんだとよ」

は？と不審そうな顔の大臣たちに、ヴァイスは書状をひらひら振った。ルージアが受け取り、険しい顔でもう一度読み、その内容を要約した。

「近く、バンディオス国王陛下《へいか》が首都ヴァルデンを出立し、ここフィールに向かわれるご予定だそうです——マーナ王妃も、ご同行だそうです」

「……まあ、なるように、なるだろうがな」

言いながら、ヴァイスは急に席を立ち、大股《おおまた》に部屋を出ていった。あっとナスタースがあとを追いかけ、顔を見合わせていた大臣たちも、口々に、声をひそめ何か囁《ささや》き合いながら会議の間をあとにする。その後ろを、例によってそれまでまるで気配のなかったズゥが、無言のまま、ゆっくりと歩いていった。

取り残され、エルフィーナはぽつんとそこに座っていた。

「のみこめねえって顔してるな」

ふいに物陰で声がして、エルフィーナはびくっと振り返った。恐らくは、ズゥとともにずっとその場にいたのだろう。ハーデンとラッセ、それに細身で銀髪の男が立っている。男は顔の右半分を包帯で覆い、胸に、ハーデンたちと同じ飾りをつけている。姿を見るのは初めてだったが、あの「クオン」を名乗った男だとすぐにわかった。

「まあ、キミは仲間になったばかりだから、わからないのも無理はないけど」

ハーデンとラッセが話している相手は、自分ではなく、クオンらしい。が、彼らはエルフィーナがこの場にいることもわかっているはずだ。さりげなく、話を伝えようというのだろうか。

「バンディオス王が来るって聞きゃあ、殿下にしろ大臣どもにしろ……正直おれも、いい気はしねえ」

「どうしてだ？　何かやっかいなことでもあるのか」

クオンの声が初めて聞こえた。呟《つぶや》くような小声だったが、不思議にすんなり耳に入った。

「あるも何も……おめーもこのあたりの人間なら、陛下の噂は聞いたことあるだろ。冷酷、残虐、非道、悪魔――」

「ああ」

「そのぶん、恐怖で人を支配する力には、誰《だれ》もかなう者はいないけどね」

「で、普通、噂ってのは尾ひれがついて広まるだろ？　でもよ、陛下の場合は逆よ。実際の陛下を知ると、噂のほうが生ぬるかったと痛感するんだ」

豪快で怖い者知らずに見えるハーデンが、深刻な調子で低く言った。エルフィーナも、クオンの乱の件以来、バンディオスの恐ろしい噂は耳にしている。その王がやってくるのなら、周囲は緊張するだろう。だが、フィールと自分にとってはいま以上、何か悪くなることがあるだろうか？

「まあ、どんなことになるかは陛下が来ればわかるだろうさ」

「けど、マーナ王妃も来るんだよね？　あの人はボクも好きだから嬉《うれ》しいな。きれいで、本当にお優しい人で――『黒衣の王妃』なんて呼ばれているけど」

ラッセがうきうきと言いながら、最後の言葉だけ声をひそめた。

「おめーが自分とヴァイス王子以外に褒める人間て、あの人だけだけな。マーナ王妃はおれもファンだが」

「マーナ王妃……ラスティーン家の？」

「よく知ってるねクオン。そうだよ。ラスティーン家はおちぶれたけど名門貴族で、王妃も、陛下のご再婚相手に選ばれる前は、ヴァイス殿下の教育係をしていたんだって」

「へえ⁉　てことは、王子のあの性格は、マーナ様の教育のたまものなのか？　なら案外、あの王妃もじつは凄《すげ》え性格してるんじゃ」

「いや、それがそうでも――」

言いかけて、ラッセははっとしたように言葉を切った。

「それよりも、剣技場にでも行こうよ。たぶんナスタースが訓練中だよ。クオン、ナスタースと模擬戦しないか？　まじめな黒騎士団の団長も、キミにはきっと苦戦するよ」

「おい待てよ。言いかけて止めんなよ」

だが、ラッセはハーデンに答えない。三人がこちらへ向かってくる。エルフィーナはそっと席を立ち、三人をやりすごそうとした。すれ違うとき、クオンがごくわずかに片足を引きずっていることに気がついた。つい、気になって顔を見上げる。と、銀色の長い前髪の奥で、片方だけの目がエルフィーナを見ていた。

……。

醒《さ》めている、とヴァイスに言わせた淡い紫のクオンの目。だがなぜか、エルフィーナには、それはひどく悲しげな目に見えた。何を悲しんでいるのかは、エルフィーナにはわからなかった。が、もしも、たとえばヴァイスがその目を見たら、すぐに思い当たっただろう。

いまクオンは、罰を受ける罪人の目をしていると。

「ごめんなさい。ごめんなさいっ」

部屋でヴァイスの顔を見るなり、アンはぺこぺこと頭をさげた。

「なんだ。お前、また何かドジったのか？」

「う……わかりません。けど、殿下が怖い顔でいらしたから、たぶんそうです」

怖い顔、か。だろうな。いまのおれは、親父が来ると知っていささか気がたかぶっている。何かで発散したいという欲望のまま、気がつくと、このメイドの部屋を訪れていた。

「よし。なら、いまからたっぷりお仕置きしてやる」

ヴァイスはアンの首輪と乳房を戒めているベルトを外した。

「スカートと下履きは自分で脱げ」

「……はい……」

アンは震えながらもたもたした手つきで言うことをきく。脱いでしまうと、アンはメイド服を半端に身につけて、乳房とあそこ、女の身体《からだ》の恥ずかしいところだけを露出している格好になった。三角形の乳房の上下に、ベルトのあとが赤く残っている。

「来い」

乳房とあそこを手で隠そうとするアンを、ヴァイスは無理やり引きずって、背もたれの高い椅子に座らせた。

「いやっ……あ、やあっ」

きゃしゃな足首をつかんで両脚を左右に大きく広げ、膝《ひざ》を椅子の肘掛《ひじか》けに乗せてやる。すると、白い内腿の中心の、そこだけ赤みのある肉の割れ目が、パックリ開いてヴァイスの目の前にさらけ出された。ヴァイスは女にこの姿勢をさせるのが好きだった。顔と乳房と、あそこがみんな正面を向いているので、こういう顔をした女は、乳はこんなでマ×コはこんな形をしていますと、秘密をすべて見た気分になる。そして男にこんな姿を見られたら、女はもう、何をされても文句は言えない。

「殿下……」

心細い子供のような目で、アンは上目づかいにヴァイスを見る。股の穴に入れて遊ぶための人形が、椅子に座らされているような眺めだった。

「まず挨拶《あいさつ》だ。今日は、覚えるまで言わせるぞ。『メイドのアンでございます。淫乱《いんらん》な身体が発情いたしましたので、オナニーを見ていただきたいのですが、よろしいでしょうか』」

「え……オ……」

アンは不安そうに眉をさげ、ヴァイスにその言葉をたしかめた。

「オナニーだ。お前、オナニーしたことないのか？」

「すみません……」

「お前みたいなタイプは覚えればやみつきになるさ。こうやって」

ヴァイスはアンの手をとって、乳房とあそこにそれぞれあてた。アンは少々乳房が痛むようだったが、そっと触れれば、大丈夫らしい。

「乳とマ×コを触りながら、そのまま、さっきの挨拶だ。覚えているか？」

「あ……メイドの、アンでございます。えっと……」

「淫乱だ」

「い……っ、淫乱な、身体が……」

言いながら、アンはかあっと真っ赤になった。

「身体が、は、発情して、しまったので……を……」

「何がしたいって？」

「うう——……その、オナニー、ですっ」

「オナニーだな？　お前が、こうして自分で自分のマ×コをいじってるところを、このおれに、全部最後まで見てほしいんだな？」

言いながら、ヴァイスはアンの手に手を重ね、人さし指と薬指を割れ目の両側、中指を中心にあてさせた。ひく、とアンの股間《こかん》から太腿が震える。

「いや」

逃げようとする手を許さずに、中指を丸見えのクリトリスにあてて押してやる。

「ああ⁉」

アンは全身を震わせた。すぐに、中指をあてた下から蜜《みつ》がジュワッと漏れてきた。

「そのまま、指先で撫《な》で回したり押したりしろ」

「う……は、っいっ……あ……」

言われるまま、アンは中指を動かした。爪《つめ》の小さい、細い指が赤い肉の芽をゆっくりと丸めていく。ぴく、ぴくっと肉襞《にくひだ》が震えて、そのたびに透明な蜜を吐き出す。

「どんな感じだ？」

アンは不安そうな顔で首を横に振る。

「わからない……怖いです……」

「いじってるところが固くなってきたか？」

「少し」

「よし。そのままこう、指の関節を曲げてよくいじれ」

「はい……っ……う……」

指の動きが、少しずつ滑らかになってきた。ヴァイスに向けて大きく脚を開いたままで、アンは、目を閉じてコシコシとリズムをつけて刺激を続ける。オナニーが、気持ちいいと理解したらしい。唇がしぜんに半開きになり、全体に、身体から力が抜けていた。

「どうだ？」

「んっ……はい……あの……」

「乳首もちゃんといじってやれよ」

「あ……っ、い……！」

ヴァイスが乳首を摘んでやると、アンは背中から腰をぶるぶる震わせ、ビュッと大量に蜜を吐いた。尻の下まで濡れて色が変わっている椅子の座面に、またさらに染みが広がった。アンはヴァイスに言われないうちに自分で自分の乳首に触れて、クリトリスをいじるのと同じ動きで、指先で丸め、摘んだり指で挟んで擦《こす》ったりした。乳首はよく反応して上を向き、吸ってほしいとねだるように震えた。アンはせつなそうに小さな胸を揺すったり、尻全体を持ち上げるようにくねらせて、オナニーする股間をヴァイスに見せた。何もかも、意識してやっているとは思えない。ただ、与えられた快感がつよすぎて、理性がはたらいていないのだろう。

「見られながら、オナニーすると気持ちいいだろう」

ぼうっとしているアンの耳に、ヴァイスは、じっくりと吹き込んだ。

「お前は、初めてのオナニーを男に見られた。これからは、オナニーは男に見られながらしないとイケなくなる」

「……？」

アンは薄目をあけて空《くう》を見た。そういえば、イクこともまだ教えていない。

「お前はいま、気持ちいいがちょっと小便したい感じだろ？」

「はい……オシッコが出そうです」

アンは素直にヴァイスに答えた。

「でも、出たら出たで構わないと思って続けるんだ。そうすると、ここがどんどん固く膨れてきて、お前は、もっといい気持ちになる」

「ああ……本当だ、気持ちいいです……」

「クリトリスが、固く膨れてきたか？」

「すごい固いです」

「下の穴から、露がどんどん出ているのわかるか」

「はい、出ています……気持ちいいと、いっぱい出てくるみたいなんです」

「その露を指にくっつけて、クリトリスに塗りながらいじってみろ」

「塗っていじります」

「ひとさし指と中指で、マ×コをよく開いて塗るんだぞ？」

「よく開いて、塗……あっ……あん、すご、オシッコ漏らしちゃいますヴァイス様……っ！」

「漏らすつもりで、漏らすまでいじれ」

「ん……ぅあっ……はい……ああ……漏れる……あそこが、弾《はじ》けちゃいそうですっ……！」

あ、あ、あっとアンは突き出した腰を震わせる。丸見えの肉の唇が、キュッといったん収縮したと思うと、少し開いてまた収縮を繰り返した。開くたび、驚くくらい大量の、トロみのつよい蜜が溢《あふ》れる。まだクリトリスに置かれている指の周囲が、クチュッ、チクッと音をたてた。

「はあ……」

アンは快楽に緩んだ顔で、肘掛けに乗せて開かされた脚を戻そうともせず、うっとりと、快楽の頂点を楽しんでいる。全身の力が抜けているように動かない中、あの部分の、微妙な襞だけがヒクヒクと震えを繰り返し、蜜を何度も吐き続けていた。乳輪も、乳首も色を濃くして固く浮きあがり、アンが達したことを教えている。

「初めてイッた気分はどうだ？」

何も言わず、アンはわずかに首を横に振る。少しずつ、理性が戻っているのかもしれない。ヴァイスはもう一度アンの小さな耳に唇を寄せ、オナニー調教の仕上げに呟く。

「忘れるなよ。お前に初めての快感を教えたのは、ヴァイスアードという男だ」

「……」

まだ半ば放心しているアンを椅子から引きずりおろし、小柄な身体をベッドに投げる。

「今度はおれに奉仕する番だ。四つん這いで、尻を立ててこっちへ向けろ」

四つん這い、とアンは呟き、のろのろした仕草でその姿勢をとった。ヴァイスはアンの腰を抱えて、挿入しやすい位置に調整する。ツヤのある蜜が、前だけでなく後ろの小さな穴の周囲まで濡らしていた。そうだ、まだここは教えてなかったな。

「……うあっ⁉」

その周囲を指でなぞられて、アンが奇妙な悲鳴をあげた。ヴァイスは指を回しながら、アヌスに刺激を与えてやる。菫色《すみれいろ》の穴の細かい皺《しわ》を蜜で埋め、そのまま中へも蜜を塗り込む。指先を入れると、前の穴よりもあっさりと、そこは挿入を受け入れてしまった。

「んうっ……いやあ……いやです、そんなところ……」

「何言ってる。メイドが尻を開発されるのは当然だろう。主人にお尻を差し出して、前と後ろと、どちらの穴でご奉仕いたしますか、くらいは言えるようになれ」

「んう……んうう……んはあっ……あ」

ヴァイスはツプリと指を突き立て、アヌスの出し入れを繰り返した。いや、いやとアンは首を横に振るが、間近で見ているヴァイスには、前がまた、蜜をたらし始めるのがよくわかった。指を入れられ、アンが感じているのはあきらかだ。ぐっと入れ、ゆっくりと指を引き抜いてやると、丸い尻の山がざっと粟立《あわだ》つ。排泄《はいせつ》に似た快感が、身体中に広がっているに違いない。

「くふう……あうっ……だめっ、おかしく、だめ、ああんっ」

アンのあえぎが甘くなった。

「ふん。マ×コに入れてもまだイケないくせに、尻だと最初から感じるのか。変態だな」

「う……？」

「そんなに尻が好きなら、こうしてやる」

ヴァイスは、指で少し広げたアンのアヌスに自分のものをあてがった。

「っくあ！　いや！」

何をされるのか気がついて、アンは逃げようと尻を振ったが、その腰をヴァイスは高く抱えあげ、尻の割れ目を広げてやる。震える暗い穴が丸見えになった。蜜を塗り、滑るようになった先端をあて、筋肉の流れにさからって、太いものを、ずぶり、と差し込んだ。

「ああ！　痛い、痛っ……んんうう……痛い……」

アンは苦しげな声をあげたが、やはり、処女喪失のときに比べると、だいぶ抵抗は少なく思えた。アヌスの中は前の穴よりもきつく熱いが、処女を捧げて、イク快感も教わった身体は、羞恥《しゅうち》はあっても恐怖は薄いのかもしれない。それどころか、激しく締めつけ、ヴァイスのものに絡む肉壁は、次の快感を教わることを、期待しているのかもしれない。遠慮なく、動いてやってもいいだろう。

「くうう！　痛い、お腹が、痛いですうっ……あうっ！　や、ううう っ！」

ヴァイスは指でしていたように、深く入れるときにはゆっくり進み、引くときには勢いよく引いた。しっかり締まって絡みついてきた肉の中を引き出すと、根もとから先端までが一気に絞られ、血液を集められるような快感がある。いい感じだ。ヴァイスはアンの腰をしっかりと固定し、ベッドに四つん這いにさせたまま、何度も、打ち込んでは引く動作を繰り返した。は、はっと自然に少し息が荒くなる。アンも、いやいやと口ではまだ抵抗を続けているが、痛みはもう少ないに違いない。ヴァイスのものを受け入れて、出し入れされているアヌスを見ると、腫《は》れたように赤く少々裂けてもいるようだが、筋肉の襞は、唇のように内向きに窄《すぼ》んだり外向きに広がったりを繰り返し、刺激を楽しんでいるようにも見える。身体を傾けて乳首を触ると、かっちりと固くなっていた。

「ひいんっ！」

乳首に触れられ、アンが大きく背中を反らすと、ヴァイスを包む肉が締まった。締められたまま、ヴァイスは突き立てる動きを速めていく。いい具合に射精感が高まってきた。

「そろそろ出そうだ、また中で出すか？　お前の腹が逆流するくらい、大量に出るぞ」

「や……うう、んうっ……う……」

激しく腰を揺さぶられ、アンは上半身を倒してしまった。挿入されている尻だけが、高くあげられた格好になった。敷布に押しつけ、カクカクと揺れている小さい頭を眺めながら、ヴァイスは、腰をぶるっと震わせた。

「くっ」

最後の快感は奥から引き出すときに来たので、そのまま引き抜き、アンの尻から背中に向かって放出する。

「あ……」

アンの細い肩がびくっと震えた。精液は、アヌスの周辺から背中のくぼみ、それに黒い髪にまで飛んでいた。アヌスはまだ、精液にまみれた中で小さく窄んだり開いたりしていた。少し中にも出ていたらしく、白い露が穴の中からのぞいていた。


アンはベッドであおむけに転がったまま動かなかった。オナニーと、アナルセックスを同時に教えられたのでは無理もない。そのままにして、ヴァイスが部屋を出ようとすると、裸で見送るのは失礼だとでも思ったのか、顔にも付いていた精液を拭《ぬぐ》い、アンはよろよろ起きあがろうとした。

「あっ」

だが、腰に力が入らないらしく、そのまま、またベッドに倒れてしまう。

「いい。そのままでいろ」

ヴァイスはかるく手で制した。アンは申し訳なさそうに眉をさげた。

「すみません……また、お仕置きされますね……」

お仕置き？　なんのことかと一瞬思い浮かばなかったが、そういえばさっきそんなことも言った。こいつ、あれだけ感じていたくせに、ずっとお仕置きだと思っていたのか。

「クッ」

「えっ、どうして笑われるんですか。わたし」

「いい、いい。とりあえず、しばらく部屋で休んでいろ」

ヴァイスは笑いをこらえたままアンの部屋をあとにした。重い気分が、ほんの少しだけ晴れた気がした。このまま、剣技場にでも行って汗を流すか。それとも、エルフィーナ姫でもからかいに行くか……。


あの人の――――クオンの目が、不思議に、心に引っかかる。あの目は、わたくしに、何かを語りかけていたような気がする……。

――――バタン。

いきなり無遠慮に扉が開く音がして、エルフィーナの物思いは途切れてしまった。

振り向かなくても、誰かはわかる。

「相変わらず暗い顔をしているな」

「……」

「おれに向かって笑えと言うつもりはない。だが、沈んでいてもどうにもならんぞ」

「どうにもならないから、沈んでいるのです」

エルフィーナがむっとして見上げると、

「ふ、口答えをする程度の元気はあるんだな」

ヴァイスが片方の唇で笑うので、エルフィーナはますます気持ちが沈んだ。

ヴァイスは明るい窓際へ歩こうとして、ふとテーブルの上に目をとめた。そこには、エルフィーナに用意された食事の皿が、ほとんど手をつけられないままに残っている。

「食べないのか？」

「食事など……とてもする気になれません」

エルフィーナは顔を伏せて首を振る。

「食べなければ、パンも肉もスープも無駄になってしまうぞ」

「無駄になったなら、捨ててください」

「捨てろ？」

ヴァイスの声音が、微妙に変わった。

「ふん……民思いの姫君と聞いていたが、しょせんは、王家の人間か」

「どういう意味です」

「寝て起きて、食事にありつけるということが、どんなに幸せなことかわかってない」

「そ、それは……」

「お前の民が、いまどうやってひとつのパンを得ているかは、お前も知っているはずだ」

ヴァイスの言葉が鋭く胸に突き刺さった。エルフィーナは何も言い返せない。

「やはり、おれ一人がお前を買ったのではわからないだろう。ここはぜひ、姫君みずから、明日のパンを稼いでいただくことにするか」

「……っ、何を……」

ヴァイスはエルフィーナの腕をつかんだ。皮肉な笑みを浮かべる顔の、紅《あか》い右目がわずかに光った。エルフィーナの背中が寒くなった。


覆面馬車の窓から見える光景に、エルフィーナは、涙も出ないほどの衝撃を受けた。

「いやあ……許して……」

「許すも許さないも商売だろうが。ほら、ぐずぐずしねえでとっととお前の部屋へ案内しろ。なんならこの場で素っ裸にして、お前の股開かせてもいいんだぜ」

「うう……」

信じられないやりとりが、街のそこかしこで行われている。酒のにおい、何かのすえたようなにおい。うつろにふらふら歩いている半裸の女、突然の嬌声《きょうせい》、はやしたてる笑い。

これが……これが、フィールなの……わたくしの愛した、美しかった国なの……。

会議の席で、状況の報告は聞いていた。だが、見ると聞くとではまったく違う。

「剣士様、どうかお情けをくださいませ。あと4回、奉仕の義務をこなさなければ、姉妹ふたり、食べるものも食べられなくなってしまいます」

スカートをめくって、痩《や》せた細い脚を見せ、男の腕にすがる女。

「ふん……おれは貧相なのは好みじゃないが、妹とふたり同時なら考えるぞ。姉妹で、尻を並べて交互に入れて遊ばせるならな」

「う……わかりました……どうぞ、私の家へお越しください」

ひどい要求をつきつけられても、姉は礼をするように頭をさげ、男を案内していった。

やめて。もうこれ以上、何も見たくない。

エルフィーナは、両手で自分の顔を覆って、うずくまるように背中を丸める。

「逃げるなよ、元公女」

横で、ヴァイスがエルフィーナの手をとって外し、顔をあげさせようとする。

「離してください！　公女だなどと……わたくしは……」

いまほど、公女の名を重く、辛く感じたことはなかった。たしかに、フィールを奉仕国家とし、国ごと凌辱《りょうじょく》したのはここにいるヴァイスだ。けれどどこかで、フィール王家がもっとしっかり民を守ることができたなら、このようなことは起きなかったと思う自分がいる。フィールの民は、王家を恨んでいるのではないか。もしもいま、ここにエルフィーナがいると知られたら、わたくしは、人々から罵《ののし》られ、殺されても仕方がないのでは……。

ヴァイスは何も言わなかった。馬車は人気のない道へ回り、大きな蔵の前で止まった。エルフィーナは馬車を降りるよう命じられ、すぐに薄暗い蔵の中へ連れ込まれた。

「ここで、何をするつもりです」

「商売だ。言ったとおり、お前にこれから稼いでもらう」

暗がりから、ふいに何者かの手が伸びて、エルフィーナを羽交い締めにした。あっという間もなく、エルフィーナの鼻が、妙な匂《にお》いの布で覆われる。誰……なんの、におい……。

だが、問いを口にするより先に、エルフィーナは意識を失っていた。

気がつくと、身体がひどく不自由な姿勢で固定されていた。うつぶせにされ、胴体の、一番細い部分に枷《かせ》を感じる。腕と頭は、木の横棒に乗せられているらしい。なんだろう。わたくしは、なぜこんな格好を？

顔をあげ、エルフィーナは自分の状況を知るや、声を出すこともできずに息を飲んだ。

わ、わたくしの……身体が、半分しか、なくなっている。

血の気がひいていくのを感じた。

「やっと気づいたか」

少し離れて、ヴァイスがエルフィーナを見下ろしていた。はっとして、現実に戻ってみると、エルフィーナは、いつもの乳房をくりぬいたいやらしい服で、壁に飾られた剥製《はくせい》のように、上半身だけを石壁から突き出していた。壁は胴体の周囲だけが木枠の枷に作り替えられていて、下半身は、枷ごしに壁の向こうに――壁の、向こう？

「そうだ。お前はいま、尻とマ×コを壁から出して、客をとっている真っ最中だ」

ヴァイスがエルフィーナの動揺に答えるようにうなずいた。

「い……」

「声を出すなよ。外にお前がエルフィーナ姫と知られたら困るだろう」

エルフィーナは喉《のど》で悲鳴を殺した。すると、壁越しに男たちの歓声が聞こえた。

「すげえ……いくらこの国の女とはいえ大胆だよな」

「いや、こりゃもう布令にかこつけた淫乱だろう。なんでもいいから、あのマ×コにつっこんでほしくて疼《うず》いてんじゃないか」

違う。わたくしは、ヴァイス王子と配下の誰かに、薬をかがされ、ただ強引に。

「一応金はとるらしいぜ。ケツの横に張り紙がしてあらぁ」

外からの声に、ヴァイスがエルフィーナに耳打ちで教えた。

「そう。お前は、兵士の慰みに、1回1フィルで犯してもらう。顔も名前もわからない男に、女として一番恥ずかしいところを見られ、挿入されて射精される」

「……」

「心配するな。お前のマ×コはちゃんと調教しているから、誰に入れられても感じるぞ」

エルフィーナは激しく首を横に振る。だが、そうしているうちにも、誰かの手が、エルフィーナのお尻に触れて、撫で回した。

「ひ……」

そして、ヴァイスの言葉どおりに、エルフィーナは見知らぬ男に割れ目を開かれ、舌でクリトリスを舐《な》められて無理やり快感を引き出され、蜜を垂らして、息を荒くして感じてしまった。乳首まで、いじられてもいないのに固くして、身体は勝手にお尻をモジモジと動かして、男に挿入をねだってしまった。

「いや……いやあっ……」

いよいよ、男のものを入れられるというときに、ヴァイスが、エルフィーナの顔をあげさせた。見知らぬ男に犯される公女の涙を、楽しもうとでもいうのだろうか。紅い右目に、エルフィーナは、ふとこれまでの日々を思い出した。

突然に国が滅ぼされ、屈辱的な布令を宣言されて、奉仕の義務を負わされたこと。自分も、気に入りの侍女のアンもこの男に処女を奪われて、恥ずかしい目にあわされてきたこと。振り返ればそれも一瞬だった。現実は、容赦なくエルフィーナに襲いかかった。

「あう！……ん、あうっ……はあ……くうっ……」

太い、荒々しいものが、エルフィーナを思い切り深く貫いてきた。エルフィーナは、もう声をあげずにはいられなかった。

「おお、よく締まる。きれいなわりに、淫乱なマ×コだ」

壁の向こうから声が聞こえる。すぐに、男は激しくエルフィーナの内部をかきまわしてきた。深いところに、男のものの先端があたって、鈍い快感が、お腹に広がる。ああ、すごい。あの部分が、勝手に、どんどん熱くなってしまう。

「いやあ……」

なぜなの。なぜわたくしは、こんなところで、お尻だけを出して見知らぬ男に犯されて……なのに、あそこが濡れて、胸の奥が疼いてどうしようもないの。

「う……ううっ……」

あとからあとから、涙が流れた。

「エルフィーナ姫」

と、ヴァイスが、濡れたエルフィーナの頬に手をおく。すると不思議に、頼りなく、自分への不安でいっぱいだったエルフィーナの心がすっと落ち着いた。ヴァイスを見た。この顔が、悲しみも、快楽も、何もかもをわたくしに与える顔……。不思議な気持ちは、エルフィーナの中にすうっと広がって、下半身から響く快楽と解け合い、エルフィーナを高揚させていく。しぜんと、下半身も男を深く受け入れていった。

「すげえ……すげえ淫乱だ、チ×ポくわえこんで離さねえよ……」

男の動きは、慌ただしく速くなっていく。

「よし、次はおれだ、おれに入れさせろ！」

「おれも入れる」

「おれもそのマ×コ、使わせてくれ」

ああ。

壁越しに男たちの声を聞きながら、エルフィーナは、いつの間にか全身の力を抜いて、うっとりと、身体が浮き上がるような感覚に身をまかせていた。わたくしは、罰を受けている。公女として、民に辛い思いをさせた罰として、こうして人々の面前で犯され、男たちの精液を注がれている。罰を与えるのも、このヴァイス王子。わたくしの上の絶対者として、わたくしの、すべてを自由にする男……。

「あうっ！」

エルフィーナは、唐突に絶頂を迎えて、動けない身体を大きくくねらせ、木枠をしっかりと握りしめた。

「あう、ああっ！　ああ、ああああっ！」

全身が震え、乳首の先までがぞくぞくと感じて、恥ずかしいくらいに固く尖《とが》った。男が入れている腰が動いて、中が勝手に、精液を吸い出そうと収縮する。びゅるっと、それがあそこの中に注がれるのを感じた。すると、エルフィーナはまたさらに深く達してしまう。身悶《みもだ》えし、うん、うんっと鼻で甘えて、ヴァイスの前で乱れてみせた。身分も、誇りも責任も何もない、ただ快楽のための道具になりさがることで、辛い何かに償えるような、何かから解放されていくようで、不思議に心が満たされていた。熱い蜜はいつまでもエルフィーナの中から溢れ続けて、次々と、男のものを受け入れていった。


快楽にあえぐエルフィーナを、ヴァイスは、黙って見守っていた。姫はいま、ぎりぎりに心が追いつめられて、一時的に狂い、幻に酔っている。それもいい。

だが、一度気を失うなりして波がひけば、すぐにまた、いつものエルフィーナに戻るだろう。自分がこんなはしたない姿を見せたことも、忘れてしまうに違いない。

それでも、こうして一度身体に植えられた淫らな種は、エルフィーナの中に深く根付いて、何かを変えていくだろうが……。

第四章　忍び寄る不安

「このごろ、姫さまはまた美しくなられましたね」

湯浴《ゆあ》みの世話をしながら、アンがうっとりとエルフィーナを見て言った。

エルフィーナは、石造りの、浅い浴槽の縁に腰かけ、膝《ひざ》から下だけを湯に浸している。アンはあの乳房だけを見せた制服のまま、エルフィーナの身体《からだ》を洗っている。浴槽には城の庭に咲いた花を浮かべて、浴室は甘い香りの湯気に包まれていた。

「お肌も白いだけじゃなく、しっとりした薄いヴェールみたいです。こうして、お背中を洗っていると、触りごこちがとってもよくて」

「……」

「それに、その……お胸も、ますます、豊かになって……お首も、腕も、ウエストもこんなにほっそりしているのに……憧《あこが》れます」

長い髪をアップにまとめて見せたうなじに、アンの熱っぽい視線を感じた。エルフィーナは、そっと手のひらで乳房を隠した。お湯の雫が、乳房の深い谷間にそっと流れる。同性の、心からの賞賛の言葉でも、エルフィーナは嬉《うれ》しくは思えなかった。

「不謹慎ではありませんか。国が、こんな状態だというのに」

「すみません……」

自分の身体が少し変わってきたことは、エルフィーナ自身も気がついていた。けれど、なぜいま、そんなことが起きるのかを思えば理由はひとつしかなく、それは厭《いと》わしいものでしかない。自分の気持ちと関係なく、身体だけがより性的な存在となっていくようで、エルフィーナは自分の変化が恐ろしかった。

「あ。でも、ヴァルドランドから王様が来たら、あの『布令』はなくなるんですよね？」

「えっ……誰《だれ》からそれを聞いたのですか」

「それは……あの、ヴァイスアード様の、ご用をしているときに……ハーデンさんや、ラッセさんがお話をしているのを、ちらっと聞いて……たしか『王がフィールへやってきたら、布令も奉仕制度も崩壊だな』って言ってました。だから……その……」

エルフィーナも、王が来たらどうなるか、とふたりが話すのを聞いたことがある。

布令が崩壊。バンディオス王は、恐ろしい、力に徹する王だというから、このような、弱い者をいたぶる制度は、誇りが許さないのだろうか？　だとすれば、事態はいまよりもほんの少しは良くなると、期待を持っていいのだろうか？

「でも、そうなったら、殿下はどうなるんでしょう」

「ヴァイス王子が？」

「はい。どうしてかはわからないんですが、ハーデンさんもラッセさんも、殿下を心配しているみたいなんです。もしかしたら、殿下は王様と仲が良くないのかもしれません」

「悪い息子が、怖いお父上を恐れ、対立するというのはよくあることでしょう」

エルフィーナはかるく指先で湯をすくった。

「それだけでしょうか」

「アン。あなたは、何を心配しているのですか？　こんなことを言いたくはありませんが、まるであなたが、王子を慕ってでもいるように聞こえます」

「すみません……ただ、わたし……」

エルフィーナがちらりと振り返ると、湯気のせいかアンは顔を赤くしていた。そして、指先をもじもじと動かしながら、

「わたしは、殿下を嫌いだとは思いません」

「アン……」

「もちろん、殿下のしたことは悪いことです。わ、わたしなんか、何をされても当たり前のメイドだけど、姫さまにひどいことをするのは許せません。でも、でも……ときどき、わたしを見て、ほっとした顔をされるのを見ると……わたしも、胸が熱くなって、あの、何をされても、可愛《かわい》がってもらっているように思えて……」

「滅多なことを口にしてはいけません！」

らしくないと、自分でも思う厳しい口調でエルフィーナはアンをたしなめた。アンは慌てて口をおさえて、ごめんなさい、と肩をすくめた。エルフィーナは肩でため息をついた。

そしてふと、胸に複雑なものがあることに気づいたが、打ち消した。ことばがきつくなったのは、無邪気なアンが、だんだんとヴァイスの色に染まっていくのが嘆かわしかったか

ら……それだけだ。

それからしばらく、ふたりは黙って湯浴みを続けた。そろそろ浴室を出ようかというころ、ふいに、アンがあたりをキョロキョロ見回し、そっと浴室の扉へ近づいた。

「どうしたのアン」

アンは無言で振り返り、身振り手振りでエルフィーナに何か伝えようとする。が、エルフィーナにはよくわからない。浴槽からあがると、アンの背後からそっと近づく。

アンは浴室の扉を開けて、誰かと何か話している。

「姫さまはいま、ここで湯浴みをなさっていますよ」

アンの声は妙に平坦だった。

「ああ。なんだ。覗《のぞ》いてらっしゃったんですね……って……」

え？

「こらあああっ！」

いきなりアンは全身が爆発しそうな勢いで叫んだ。

「どうしたの、ア――」

エルフィーナは言葉を失った。どうしてここに、あのクオンが、ひとりぼんやりと立っているの？　わたくしの湯浴みを……わたくし、いま、はだ……

「きゃあああああーっ！」

城の廊下に、悲鳴と豪快な平手打ちの音が響いた。


「くくく……あははは……」

「そこまで笑うことですか」

ふてくされている理由を聞かれ、正直に話したというのに、いつもよりさらに高らかに笑うヴァイスが憎らしかった。

「そうか、あいつだけ逃げおく……いや、なんでもない。クオンは今日一日中、左の頬《ほお》に手形をくっつけて歩いてたぞ。まあ、あいつもおれと同じ、女好きな男ということだ」

「――あなたと同じような男の方が、ほかにもいては困ります」

「褒め言葉か？　おれのようにいい男で、お前を満足させる男は他にいないと」

「どうすればそう解釈できるんです」

エルフィーナは、呆《あき》れてヴァイスから目を逸らした。が、ヴァイスはエルフィーナの顎《あご》を持ち上げて、自分のほうを振り向かせる。紅《あか》い目が、じっとエルフィーナを見下ろしていた。エルフィーナは肩を震わせる。ヴァイスはエルフィーナのガウンをはいだ。あっと身体を隠す間もなかった。エルフィーナは頬を熱くした。

「ふ……だが、お前は今夜、みずから調教を受けるための服を身につけて、おれが部屋に来るのを待っていた。それは、快楽を期待したせいではないのか？」

「違いますっ……違……あ……いやっ……」

どのみち、同じことになるのなら、少しでも、短い時間で済ませたいから……それだけ、それだけです……。

ヴァイスはいやらしい服に絞りあげられた乳房をたしかめるように何度も揉《も》んだ。

「乳が大きくなっているな。服が乳の根もとに少し食い込んできつそうだ。きついほうが、お前は乳が感じていいか？」

「くう……あんっ……」

乳首をつよくつままれると、もう、下半身の力が抜けて身体がベッドに沈んでしまう。あの部分を隠す下着の紐《ひも》を、ヴァイスがあっさりと取り外し、太腿《ふともも》をつかんで開かせるのに、ほとんど抵抗することができない。

ヴァイスはエルフィーナの割れ目を広げ、股間《こかん》の状態をたしかめた。

「もう濡れているな。だいぶ開発されたのはいいが、お前は奉仕がいまひとつだ」

今日はじっくり調教するぞ、とまた嫌な言葉を呟《つぶや》いて、ヴァイスはエルフィーナを起きあがらせた。自分は枕《まくら》を背中にあてて横になり、半分上を向いているものに、エルフィーナの頭を近づけさせる。目の前に迫る男の匂《にお》いに、エルフィーナは顔を逸らそうとするが、ヴァイスはつかんだ頭を離さず、エルフィーナの唇にそれを押しつけた。

「おしゃぶりは奉仕の基本だろう。お前の侍女にも、いつもたっぷりしゃぶらせている」

「……」

「侍女ごときと比較されて悔しいか」

「そ、そんなこ……むッ……うんっ……」

思わず口を開いたところへ、ヴァイスのものを入れられてしまった。苦しかったが、吐き出すことは許されない。しかたなく、エルフィーナはそれを口に含んだまま、そっと唇を動かした。先端の、太くなっているところを出し入れし、くびれた部分をよく刺激するよう、ヴァイスから教えられている。

「出し入れしてるばかりでは駄目だ。味わって、頬をすぼめてよくしゃぶれ」

「んうっ……んん……」

応《こた》えなければならないので、エルフィーナは太い部分をいっぱいにほおばり、舌に乗せ、ジュウジュウ音を立てて吸ってみた。口の中で、ヴァイスのものが大きくなった。大きくなった瞬間に、何か苦い液が滲《にじ》み出て、エルフィーナの舌を痺《しび》れさせる。

「しゃぶりながら、出し入れを繰り返すんだ。手を添えて、根もともかるく擦《こす》れ」

「……んッ……」

ずっと口を開けているので、顎が痛い。頭もだんだんぼんやりしてきた。少しでも、速くヴァイスに終わってほしくて、エルフィーナは言われるままに手もつかった。

「おれの腹をまたいで、こっちに尻を向けて四《よ》つん這《ば》いになってしゃぶれ」

「……」

そうしたときに、自分のどこかヴァイスの目の前にくるかを思うと、恥ずかしさで泣きたくなってくる。だが、エルフィーナに拒む権利はない。力のない動きでヴァイスの腰の両側に手をつき、顔の向きをヴァイスと逆にして、唾液《だえき》で光っているそれを、ふたたび舐《な》めて口に含んだ。

「なんだ、ずいぶん本気で濡らしてるじゃないか」

「んうっ！」

ヴァイスは、すぐにエルフィーナのお尻を自分の前に引き寄せて、恥ずかしいところを開いて指を差し込んだ。違います、そこは前に胸をいじられたせいですと言いたいが、口いっぱいに含んだ男のものが、エルフィーナの言葉を封じていた。

「しっかりしゃぶれよ。おれも、お前を気持ちよくしてやる」

「……ンッ、ああ！」

敏感な部分に、柔らかくザラザラした感触。ヴァイスの舌に、クリトリスが転がされ、なぶられている。

「口を離すな。今度チ×ポを口から出したら、お前のここを噛《か》みちぎる」

「んんん！　ん、うう……」

あの芯《しん》に歯があたるのを感じて、エルフィーナは、鋭すぎる感覚にびくんと震え、怯《おび》えながらふたたび口の奉仕を始めた。よし、とヴァイスもエルフィーナの股間を舐め始める。割れ目全体をなぞるように舐められ、クリトリスまで来ると舌が止まって、チュッチュッと、微妙に力を入れて唇で吸われた。いけない、と思いながらも、エルフィーナのそこはすぐにあたたかい蜜《みつ》を零《こぼ》して、ヴァイスの舌を受け入れてしまう。そこが開いていく瞬間を、息のかかる距離で見られているのが恥ずかしく、エルフィーナは状況を忘れようと目を閉じた。そして、自分のそこが感じて痺れていくのにあわせるように、ひたすら、口の中のものをしゃぶり続けた。舌がしぜんに、ヴァイスの動きのまねをして、ヴァイスがクリトリスの周囲を舌でなぞると、エルフィーナも先端のくびれを舌でなぞり、唾液の音をたてて吸われると、エルフィーナもチュウチュウ唇を鳴らした。口の中のものは、エルフィーナが深く感じていくに従って、パンパンに張って固くなった。エルフィーナにも、ヴァイスのそこが、快感を集めて放出しようとしているのがわかる。このままでは、口の中に出されてしまうかもしれない……けれど、ヴァイスは口を離すなと言った。離したら、あの部分を噛みちぎると……。

「――――っ……んっ……！」

自分でも信じられなかったが、クリトリスを噛まれ、絶叫している自分の姿を心に浮かべた瞬間、エルフィーナはかるく達してしまった。ヴァイスの顔に、大量の蜜を浴びせてしまったかもしれない。わ、わたくしは……。

「んぐっ」

ところがそのとき、ヴァイスもエルフィーナの口の中へ大量に精液を発射した。生あたたかい、吐き戻したくなる苦みのつよい液体が、続けざまに、エルフィーナの口の中をいっぱいにする。涙が出てきた。びゅっ、びゅっと間をおきながら、それはエルフィーナの上あごや頬の内側に貼《は》りつく勢いでまだ出てくる。

「ぐふっ！」

耐えきれず、エルフィーナはとうとうそれを口に入れたまま、精液の一部を零してしまった。唇から、だらだらと半透明の液体が溢《あふ》れて、エルフィーナの頬や顎を汚した。

「うう……」

泣きながら、それでも、エルフィーナはヴァイスが放出を終えるまで、懸命にそれをくわえていた。

「なかなか、上手《うま》くなったじゃないか」

褒められても、少しも嬉しくはない。やっと奉仕から解放されて、エルフィーナは唇を紙でぬぐうと、ベッドを下りて着替えようとした。

「今日は、まだ終わりじゃないぞ」

「えっ」

「じっくり調教すると言っただろう。こっちへ戻って、うつぶせになれ」

「そんな……」

「今日はちょっと、おもしろい趣向を用意しているからな」

この男が、片頬で笑って「おもしろい」と言うのは、エルフィーナが身も心も辛《つら》く辱められるときだった。……早く、バンディオス王が来ればいい。そうすれば、自分と国の民を縛る忌まわしい『布令』も、奉仕制度もなくなるのだから。

だが、そんな心はおくびにも出さず、エルフィーナは、黙ってベッドに身体を伏せた。

ヴァイスは、にやにやと笑いながら、エルフィーナの足もとへ回って、ぐいっと内股《うちまた》から開脚させる。

「尻だけ持ち上げて、マ×コの穴がよく見えるようにしろ」

「……」

唇を噛み、羽の枕を胸に抱えて、エルフィーナは言われたとおりにする。

「よし。まださっきの汁でベトベトだな。それなら、こっちの太いのにするか」

「……ひ……」

おそるおそる、ヴァイスを振り向いてエルフィーナは悲鳴をあげた。ヴァイスは、男のものにそっくりの形をした、太い張り型を手にしている。まさか、あれを。

「これを使えば、お前のマ×コがどれくらい開いて、どうやって男をくわえこむのか、すぐ傍《そば》で見ることができるからな」

「いやあっ！」

エルフィーナは腰をひいて逃げようとした。が、ヴァイスはすばやくそれを捕らえた。

「心配するな。ちゃんと動かして、気持ちよくしてやる」

「いやあ……あうっ……んう……ううっ……」

血のかよった人間のものとは違う、冷たい固さの、圧迫感のひどいものが、エルフィーナのあそこを割って入ってきた。

「よく広がって、のみこんでいるぞ。これは正直、おれのものより太いから、覚えさせるのは心配だな」

くくく、と笑って、ヴァイスはぐっと張り型を押し込んできた。

「うああ！　痛いっ……」

エルフィーナは腰をヒクヒクと震わせ、初めての感覚に涙を流す。

「動かすぞ……ふふ、下の唇がうまそうに張り型に吸いついて、ヨダレを垂らして喜んでる」

「あうっ……んんっ……」

ヴァイスが抜き差しを繰り返すと、グチュグチュと、そこが淫《みだ》らな音をたてるのが、エルフィーナの耳にも聞こえてきた。先端が、身体の奥の深いところで、エルフィーナを酔わせる部分をつつく。男の欲望ですらない、ただの道具で突かれているのに、そこは勝手に反応して、張り型を吸いあげるように引き締まった。じいんと乳房が感じるのを、エルフィーナはどうすることもできなかった。

「よし、前は張り型で感じているな。こっちにも、それ用のやつを入れてみるか」

「……ううっ？　あ、いやっ……」

ヴァイスは、エルフィーナのお尻の割れ目をぐっと広げた。見なくても、どこに何をするつもりかだけはわかった。蜜のあふれているあたりに、別の張り型の先端を感じる。ヴァイスは、そこで少し張り型を濡らすと、エルフィーナのアヌスにそれを突き立ててきた。まだ前にも太い張り型が入っているのに、後ろにも、ぐりぐりと抉《えぐ》るように固い感触が入ってくる。苦しくて、エルフィーナははあはあと息を速めた。前と後ろの、狭い間が、つながってしまいそうな感じがした。身体の中で、薄い肉の壁を隔てたふたつが触れ合い、

エルフィーナの頭がじいんと痺れた。

「いい眺めだな。あの上品なエルフィーナ姫が、マ×コとケツの二本差しか」

「くあっ！　あうっ！」

ヴァイスが、両方の張り型を同時に動かし、エルフィーナの中をかきまわした。身体中が、張り型に犯されているようで、エルフィーナは目眩《めまい》がして意識がかすれた。ひく、ひくっと、あそことお尻の穴だけが、意志のある生き物のようにうごめくのを感じた。

「二本差しすると、気持ちいいだろう」

「んあ……ふああ……」

わからない。でも、あそこがこんなにひくひくするなら、気持ちがいいのかもしれない。痺れた意識で、エルフィーナはぼんやりとヴァイスの言葉を受け入れた。

「これで感じることも、覚えておけよ。お前は、チ×ポの形をしているものなら、なんでもくわえこみたがる女だ」

エルフィーナの耳に吹き込みながら、ヴァイスは、張り型を動かした。違う。わたくしはそんな女ではないわ。

「あっ……あうっ……くう……」

お尻の穴が、こんなに気持ちがいいなんて……嘘《うそ》、嘘。

「気持ちいいな？　張り型でもうイキそうなんだな」

違う、と頭の隅のわずかな理性が否定した。けれど、エルフィーナの首は勝手にコクンとうなずき、お尻を振ってねだってしまった。

「よし、淫乱《いんらん》なお前をいかせてやる」

「うああっ……」

ヴァイスが張り型を動かしながら、エルフィーナのクリトリスを指で押した。とどめだった。エルフィーナはもう理性を手放し、されるまま、腰を振って張り型をつよく締めつけ、快楽に溺《おぼ》れていくしかなかった。いつ達して、いつ終わったかもわからないような甘い世界で、エルフィーナはいつまでも甘え啼《な》き続けた。


夜の風が、湖面にうつる白い月を揺らしていた。

まだ身に残る、情事の熱も風に流されて消えていく。

ヴァイスはひとり、テラスに出てハープを奏で始めた。ヴァルドランドに伝わる古い旋律。美しいが、どこかもの悲しい音色が、夜に溶けてあたりに広がっていった。

湖畔の街には、まだ灯《あか》りが見える。あの灯りの下、いまもどこかの兵士や貴族が、この国の女たちを抱いているのだろうか。先刻まで、ヴァイスがエルフィーナにしていたように……。

「――誰だ」

ヴァイスは、指を止めて部屋の隅を振り返った。灯りのない、暗い一角がふとうごめき、月が銀色の髪を照らした。

「クオンか……」

ヴァイスはふたたびハープを鳴らし、夜の湖に視線を戻した。

「こんなところに一人でいるのか」

呟くように、クオンが尋ねる。ほんのわずか、片足を引きずる足音がして、ヴァイスのもとへ近づいてくる。

「……」

「……不用心だと思わないのか。暗殺者は、どこで狙《ねら》っているかわからないぞ」

指を止めた。だが、視線はクオンには返さずに言う。

「――やってみるか？」

部屋に気配を感じたときから――いや、そもそも最初に出会ったときから、この男の殺気には気づいていた。いまなら、たしかにいいチャンスだ。ヴァイスは剣を置いているが、クオンのそれは腰にある。右目の力を使ったとしても、クオンのほうが速いだろう。

ヴァイスはじっと待ってみた。だが、クオンは剣を抜こうとしない。

「恨みなら、殺す理由は訊《き》かぬ。おれを恨んでいる人間なら、掃いて捨てるほどいるからな」

「……」

「だがクオン、おれを殺して何になる？」

クオンは、無言のまま肩を震わせた。

「命乞《いのちご》いをするつもりはない。そもそも、おれの命に殺すだけの価値があるかどうかわからんしな」

「……」

「それに……恨む相手を殺しても、失ったものは何も戻るまい」

そうだ。おれが、どんなにあいつを憎んでも、あの女は、もう――。

「らしくない台詞《せりふ》だ」

そう言って、クオンが傍《かたわ》らに立ったとき、すでに殺気は消え失せていた。

「ふっ、そうか？　お前が、おれの何を知って『らしい』と言うんだ」

苦笑して、ヴァイスはまたハープを弾《はじ》き始めた。風が吹いて、ヴァイスの黒髪とクオンの銀色の髪をそっとなびかせる。

「この国は、夜の風景も美しいな」

「……ああ」

語りかけると、クオンも夜の湖と街を見てうなずいた。

「知らなかった。おれは、隣国でもずっとこの国を訪れるのが嫌だったから」

「どうしてだ？」

「先の王と——クオン王子は、このフィールを訪れた帰りに、事故で死んだ」

「……」

ぽつりぽつり、ハープを弾く合間に思い出すように、ヴァイスは語る。

——クオン王子は従兄だが、おれは兄のように思っていた。剣の基本は、彼に習った。何度か模擬戦もしてもらったが、ガキのおれが彼にかなうわけがなかった。だがいつか、互角に戦えるようになりたいと……そして、彼の騎士になり、彼の国を守るのが夢だった。

あの日も、クオン王子は笑って国を出発していった。隣の国の、小さな姫と結婚の約束をするのだと、少し照れたように話す彼がなんだかおかしかった。

だが、それきり彼は帰らなかった。

「あの事故も、本当に事故だったかどうかあやしいがな」

いやむしろ、野心家の弟バンディオスが、温厚な兄王カルディオスを、事故に見せかけ謀殺したと考えるほうが、あの父ならやりかねないと納得できる。

「……」

クオンは、何も答えなかった。ただ黙って、ヴァイスの傍らにいた。

ヴァイスもその先は語らずに、静かにハープを弾き続けた。胸の中で、あのころの続きを思い浮かべながら。

（……ヴァイス。剣技の先生がお待ちかねよ）

心配そうに、だがしっかりとした意志を持ち、ヴァイスの顔を覗き込む澄んだ青い目。白い肌に輝く黒い髪、ヴァルドランド一美しい乙女だったマーナ。クオン王子を失い、すさんでいたヴァイスの心を癒《いや》し、救ったのは、教育係だったあの女《ひと》だった。

（いい。いまさら剣で習うことなんかない）

（そうね。クオン王子に習った剣を、大切にするのは良いことだわ。でも、ヴァイスは彼と互角に並ぶのが夢だって、何度も話してくれたでしょう？　そのためには、より多くのものを学びとって、自分のものとして活かすことも、必要なことではないかしら）

（ね……ヴァイス）

（クオン王子も、きっとそんなあなたを見守ってくださっているわ）

教育係のはずなのに、姉のようにマーナがヴァイスを名前で呼ぶのが苦手だった。甘く呼ばれて、たしなめられると、どうにも反抗しきれなかった。

（わかったよ）

ふてくされたまま剣技場へ向かうヴァイスを、優しく笑って見送ったマーナ。

――だが、おれの右目はすでにあのころ目覚めかけていた。ときおり走る右目の痛みは「あの日」が近いことを訴えていた。赤い光景……泣いているマーナ……おれは……。

「クオン」

ヴァイスは突如現実にかえり、傍らに立つクオンを見上げた。

「ひとつだけ言う――おれは、王を好かん」

ヴァイスはクオンの片方だけの目を見て言った。その隻眼《せきがん》には、なんの感情も読み取れなかった。黙ったまま、クオンはヴァイスに背を向けて去った。

その姿が、完全に目の前から消えるころ、闇《やみ》にまた別の気配があらわれる。

「お前か。やはり、いたんだな」

ヴァイスは片頬に笑みを浮かべた。

（……よろしいのですか？　あのような話を……）

気配は闇にまぎれたままだが、月がわずかに、女のシルエットをうつしている。

「やはりお前は、あの男が気になっているらしいな」

（……取り逃がした、フィールの義勇軍の中に、使い手だがかるく足を引きずる男がいた、という話があります）

「ふうん。そうか」

（その男は、黒髪だったそうですが……髪の色など、抜けますし）

「そうだな」

ヴァイスはあっさりとうなずいた。女の影は、物言いたげに少しの間そこにいたが、やがて消えた。

ひとりになって、ヴァイスはもう何を考えることもなく、飽きるまでハープを奏でていた。


——そのころ。


「ああっ……あ、ああ、ああ、ああっ！」

ヴァルドランドの王宮の奥深く、豪奢《ごうしゃ》なバンディオス王の寝室で、王妃マーナは、王の下に抱かれ、あえいでいた。腰までの長い黒髪が、なまめかしい裸の白い素肌を引き立てるように一面に広がり、細い腰と丸い乳房が揺さぶられるたびに波うっている。

「くくく……また感じて、締めつけ始めてきたな……！」

バンディオスは、どす黒く太いおのれのものを、大きく開脚させたマーナの中心に深く突き立て、荒々しく出し入れを繰り返す。王はすでに一度放出を終え、その部分は、王の放った精液が溢れていた。だが、衰えを知らない王のものはいまも王妃に打ち込まれたままで、結合部は王が動くたび、グチュグチュと淫《みだ》らな音をたてていた。

「聞こえるか？　そなたの肉がたてるいやらしい音が」

「ああっ……はい……聞こえます……わたくしの、犯されると気持ちいいところが、陛下《へいか》の、太いものをいただいて、いやらしく、喜んで音をたてていますっ……」

大きな声で、はっきりと、マーナは淫らな言葉を口にした。そうすることは、5年前、初めてこの王に抱かれた「あの日」から、ずっと命じられていることだった。初めのうちは、恥ずかしくて、泣きながらでなければ言えなかった言葉が、いまでは、王の望む言葉をみずから、口にすることも覚えていた。哀しいが、そうすることで自分自身の官能がたかまることも、すでに認めざるを得なかった。

「よし、もっと脚を開け」

「あうっ！」

王はマーナの太腿を抱えて、限界まで横に開かせた。それまでは、巨《おお》きすぎて入りきらずにいた王のものが、ずっぷりと、マーナの中にすべて埋まった。

「はあ……あうっ……！」

「わかる、わかるぞ……この締めつけ……そなたの腹が、子を望んでおる……か弱そうな顔をしているくせに、メス犬のように何度も何度も、子を孕《はら》みたくてしかたないとな」

「ううっ……はい、メス犬でございます……陛下の、お種を、いただくだけが、役目の、いやらしい、メス犬でございますっ……」

突き上げられ、揺さぶられながら、淡い青の瞳《ひとみ》が涙に濡れた。たしかに、マーナは、す

でにひとり王の子を産んでいる。ライーアスと名付けられたその王子は、マーナに似た気性の優しい子供で、マーナは母として王子を愛していた。

けれど……。

「3日後には、いよいよフィールへ出発じゃな」

ふと、王は腰を抉る動きを止めて、両手でマーナの乳房をつかんだ。子を産んでも、夜《よ》毎《ごと》王に抱かれて快楽を与えられているせいか、乳房には変わらぬ丸みと張りがある。王はそんなマーナの身体をあえて衆目に晒《さら》すことを好み、日頃《ひごろ》から、胸の谷間や乳房の形がはっきりと判《わか》る服を着せ、スカートも、広がりのない、太腿の脇《わき》が大きく開いたものを与えていた。より淫らに、肌の白さを際だたせるために、色はつねに黒と決めていた。人々がマーナを「黒衣の王妃」と呼ぶときそれは、王の好みの娼婦《しょうふ》、という意味も込められている。

だが、本来の意味はそうではない。

「黒衣の王妃が、フィールへ行くか……くくく……」

王は唇だけで笑うと、マーナの乳房を荒々しく揉んだ。

「あ、っんあ……」

マーナは弱々しく首を振った。王はまた少しずつ腰を使いはじめた。

「もうすぐ、あやつに……ヴァイスアードに会えるぞ」

「そなたも、楽しみであろう」

「……」

「っ……あっ……」

王の動きに、マーナはぴくんと首を反らして反応した。

「久しぶりの母子対面じゃな。そうじゃ、そこで一晩、そなたをあやつにくれてやろうか？　あやつで、そなたが満足するかどうかは、わからぬがな」

「そっ……ああっ……そのような……ああっ……」

マーナは泣き顔でまた首を振る。

「おうおう、またいっそう締めつけてきよるわ！　あの顔を思い浮かべるだけで、女が疼《うず》くか？　くくく……ははは……」

王はいっそう動きをつよめ、マーナを激しくかきまわした。丸い乳房が上下に揺れて、ピンと勃《た》った乳首が小さく震え、精液でドロドロのあの部分は、王の太いものをしっかりとくわえてのみこんでいた。白い肌は乳房まで紅く色づいて、唇から速い息が漏れる。マーナがまた、絶頂を迎えようとしているのはあきらかだった。

「陛下……もう、もう、わたくしは……っ、ああっ……」

「淫乱が。義理の息子を思い浮かべて興奮したか」

「ちが……あああっ……ああ……」

涙の雫が、いくつもマーナの頬をつたった。濡れた青い目が、遠くを見た。

「イクのか？　淫乱なメス犬が、また犯されて気をやるのか？」

「はいっ……あぁっ……いきます……メス犬が、王様の精液をいただいて、発情して……だめ、イク、もう、イッちゃうっ……ううっ！」

マーナは大きく身体を反らした。乳首が天井を向いている。尻の肉を窄《すぼ》め、腕も脚もだらしなく投げ出したまま、あの部分に感覚を集中するような姿勢をとった。

「あはあ……」

脱力するマーナの腰を抱えて、王は、残酷な笑みを浮かべた。

「早くフィールへ行きたいものだな……あやつがいま治めて遊んでいる土地で、黒衣の王妃を抱くのはさぞや愉快であろう」

マーナは何も答えなかった。

青い目は、失った何かをひたすらに求めているように、なお遠い。

黒衣の王妃。

バンディオスがその王妃を連れてゆく先々に、死が溢れ、街は悲しみの黒に包まれる。

彼女は、死を呼ぶ喪服の王妃の意味で、そう呼ばれる。

第五章　淵へ堕ちる

（ああっ……うう……ああ、ああっ……）

はあはあと、苦しそうにしながらマーナが泣いている。

赤い光景。右目の力が覚醒《かくせい》して、最初に見せたヴァイスの未来。

（――見るがいい。ヴァイスよ！　この女がわしの新しい妃だ、お前の義母だ！）

全裸にされて、大きく開かされた脚の中心に、王のものを背後から挿入され、上下に揺すられているマーナ。こじ開けられて、血を流しているマーナのそこに、太くどす黒いものが出し入れされる。その結合部をヴァイスに見せつけるバンディオス王。同じ血を持つ証《あかし》である王の紅《あか》い目は、だが、濁った血のように光らない。

（わかるか。これが、王の姿だ。神に力を与えられた者の姿だ！　殺したい者を殺し、犯したい者を犯す、それが王の正義なのだ……！）

「やめろっ……うああ……うああああ！」

……。

目が覚めた。びっしょり、汗をかいていた。起きあがり、ヴァイスは枕元《まくらもと》の水差しから、グラスに水を注いで飲み干す。ぐったりとして、ため息をついた。

いやな夢を見た。「あの日」の夢はしばらく見ていなかったのに……二度と、思い出したくもないというのに。

親父《おやじ》が――バンディオス王が今日、国を出発すると聞いたせいだろうか。

いや、いい。首を振り、もう一度深くため息をつき、ヴァイスは窓の外に目をやった。明け方の空の、淡い青が見える。マーナの目の色と、同じ青だ。

「んっ――――」

ヴァイスは、大きく伸びをした。まもなく、太陽がのぼってくる。今日もいい天気になるだろう。ベッドからおりて窓辺に立つと、朝の空気が爽《さわ》やかだった。

「……よし」

ヴァイスは、今日の予定の変更を決めた。


剣技場に、キンキンと金属のぶつかりあう音が響いている。

「いけ、そこだクオン！　ラッセのナヨナヨ剣なんざ、のしちまえ！」

「外野うるさいっ……うわ！」

一瞬、ラッセが目を離した隙《すき》に、クオンが、鋭く踏み込んだ。キイン、と気持ちのいい音がして、ラッセの手から模擬刀が飛んだ。目で追ったラッセの喉元《のどもと》に、クオンはさらに深く詰め寄り、こちらも模擬刀の先をぴたりとあてる。

「勝負あった！　真剣なら、ラッセはいまので確実にあの世行きだな。これでラッセの0勝7敗、みじめだねえ」

「いやいや。キミの0勝16敗に比べたらまだまだかっこいいと思うよ、ハーデン」

「なんだとう⁉」

「よう。賑《にぎ》やかだな」

ヴァイスが皆に声をかけると、ハーデン、ラッセ、それにクオンの計五つの目が、いっせいに、ヴァイスを振り向いた。ズゥは壁際に立ったまま、仮面の顔で一礼した。

「お前ら、相変わらずクオンに勝てないらしいな」

「いやあ、こいつはちょっと強すぎるよ」

「そうそう……ひょろっとして、風みたいにこっちの剣を流したと思ったら、いつの間にか、目の前に立っているんだよね……」

見ると、ラッセはまだ肩を上下させているのに、クオンは、ほとんど息も乱すことなく、長い腕にぶらさげるように剣を持っている。

「あるいはズゥなら、クオンと戦ってもいいセン行くかもしれねえけど……クオンとは、やりたがらねーからな」

ハーデンが壁際のズゥを見た。ズゥは、相変わらず置物のように静かだった。

「あとは……そう！　殿下、殿下ならクオンにきっと勝てますよ！」

いつも斜に構えているラッセだが、ヴァイスを見る目は素直だった。

「けどよ、案外、大穴でクオンってこともありえるぜ？」

ハーデンに茶々を入れられて、ラッセはムッとした顔で唇を突き出す。

「馬鹿《ばか》言うなよ。殿下が勝つよ、賭《か》けてもいい」

「よっしゃ賭けるか！」

「お前ら、王子を賭けの対象にするとは何ごとだ」

ヴァイスはたしなめるフリをしたが、じつは最初から一汗かくつもりでここへ来たので、クオンとの勝負は願ってもなかった。皆の視線が、クオンに集まる。

「構わないが……いまは、王子は会議の時間じゃないのか」

ぽつりと痛いことを言われたが、いい、とヴァイスは首を横に振る。

「退屈な会議なんかより、お前と勝負するほうがおもしろい」

ヴァイスは模擬刀をラッセから受け取り、クオンに向けて剣を構えた。目が合うと、クオンもすっと構えをとる。隙がない。ヴァイスの胸が期待に躍った。久しぶりに、何もかも忘れてやりあえる相手と出会った気がする。

「始め！」

ラッセの合図で、ふたりは剣をかわしあった。力いっぱい剣をふるうヴァイス。ゆらりと立って、受け流すクオン。じりじりとクオンが後退し、ヴァイスがいけると思った瞬間、クオンはその油断を待っていたように、すばやくヴァイスにきりかえした。

「おれらはいつも、あの手にやられるんだよなあ」

「でも、さすがに殿下だね。間一髪で、かわしてる」

もう一度、ヴァイスはクオンを攻めにかかった。クオンはやはりゆらゆらとかわした。右目を使えば、かわす方向も読めるだろうが、ヴァイスはあえてそれをしない。純粋に、戦うことを楽しみたかった。少年のころ、クオン王子に全力で向かっていったように……。

チィン！

一瞬、ヴァイスが躊躇《ちゅうちょ》した隙を、クオンが確実についてきた。しまった。ヴァイスは体勢を立て直す。いまの一瞬、ヴァイスは昔を思い出し、同時に、目の前の相手の剣筋に、ひどく懐かしいものを感じて驚いたのだ。なんだいまのは。こいつは、いったい……？

「ヴァイスアード殿下！　こんなところにいらしたんですか⁉」

そのとき、剣技場いっぱいに、ひどく驚いた大声が響いた。ヴァイスもクオンも、剣の手を止めて振り返る。ナスタースが、呆《あき》れた顔でヴァイスを見ていた。

「ルージア卿《きょう》が、朝からずっと殿下をお探しです！　ついさっき、頭から湯気を出して廊下を歩いているのを見ました」

「それはまずいな……よし、おれは逃げるからあとは頼んだぞ、ナスタース」

ヴァイスは大股《おおまた》ですたすた歩き、ぽんとナスタースの肩を叩《たた》いてすれ違った。

「えっ⁉　そんな、困ります、殿下！　お待ちください、殿下、殿下！」

ナスタースが慌てるが、ヴァイスは気にしない。去り際に、振り返ってクオンを見た。

「楽しかったぞ。いつか、必ず続きをしような、クオン。約束だ」

「……ああ」

ほんの少し、クオンが笑ったように見えたが、気のせいかもしれない。


城の庭には「フィランの大樹」と呼ばれる巨大な樹《き》がある。

書物によると、それはフィラン城がこの地に築かれるよりも前から、神木として奉られていたという古い樹木で、いまもなお、根を張り、枝を広げ成長を続けているらしい。フィール公国の歴史と発展の象徴として、人々に愛されてきたその樹の下に、いま、エルフィーナはひとり、ぽつんと座っていた。木漏れ日が、白いドレスのスカートに散って輝いている。空は青く、大樹は緑豊かに茂り、静かに風に枝を揺らしていた。

この場所だけは、何もかも、昔とまるで変わっていない。わたくしが、クオン王子と約束をしたあのときから……。


――10年前。エルフィーナは、やはりこの樹の下にひとりでいた。それは、隣国のクオン王子が、エルフィーナとの婚約の儀でやって来る日だった。恐《こわ》がりで人見知りのエルフィーナは、まだ見ぬと王子と会うのが怖くて、建物を抜け出し、隠れていたのだ。

すると、そこへ黒い髪のひょろりとした青年が近づいて来て、エルフィーナに、にっこりとほほえみかけた。

「こんにちは」

エルフィーナの心を解きほぐすような、優しい声と、笑顔だった。不思議に、青年は片方だけが紅い目だった。

「エルフィーナ姫だね？　僕は、ヴァルドランドのクオンです。今日は、君にプレゼントを持ってきたんだ」

そう言って、彼は小さなエルフィーナの手に、金色の指輪を置いてくれた。

「わあ……きれい……」

「笑ったね」

クオンがかるくエルフィーナの頰《ほお》に手を触れた。するとしぜんに、触れられた頰が熱くなった。それがどんな気持ちのせいなのか、幼いエルフィーナにはわからなかったが。

「僕は明日、国に帰るけど……いつか君を迎えに来るよ」

そのとき、君が泣いていれば、僕がまた君を笑わせてあげる。

「じゃあ……もしも、わたしが笑っていたら？」

「あはは」

そのときは、もっと君を笑わせてあげる。約束するよ。

けれど、約束は果たされないままに、あの日、ここでクオン王子にもらった金の指輪だけが、いまも、エルフィーナの手の中にある。ヴァイス王子に抱かれるときは、そっと指から抜いている指輪……。

「クオン王子の紋章だな」

いきなりすぐ後ろで声がして、エルフィーナははっと指輪を握りしめた。

「10年前の婚約の証か」

いつからそこにいたのだろう。大樹の幹に背を預けて、ヴァイス王子が立っている。

エルフィーナの背中に、冷たい汗が流れた。

「ふん。安心しろ。おれはお前の身体《からだ》を買ったが、心まで買った覚えはない」

まあおもしろくはないがな、と言いながら、ヴァイスはエルフィーナの横に腰をおろすと、そのままエルフィーナに頭を向けた形で寝ころんだ。膝枕《ひざまくら》の姿勢だ。

「な……やめてください」

「いいじゃないか、減るものでもないし。いまさら、膝枕程度で照れることもあるまい」

「これも、奉仕だというのですか」

「どう取るかはお前の好きにしろ」

ヴァイスは膝にころころ甘えるように頭を振った。けっこう気持ちいいなこれ、と呟《つぶや》いた。図々しい、と思ういっぽう、子供のようなヴァイスの仕草に、エルフィーナはどうにも腹をたてきれず、黙ってヴァイスのしたいようにさせた。

梢《こずえ》で、小鳥の鳴く声が聞こえた。不思議なほど、何もかもが穏やかだった。

「嘘《うそ》のような平和さだな」

ヴァイスが、いまエルフィーナが思っていたことを口にする。

「——あるいはこれが、最後の平和か……」

「どういう意味です」

「親父が、今日、国を出るらしい。早くて10日、遅くとも半月後あたりには、このフィールへ到着するはずだ」

「それは、わたくしも聞いています。でも」

エルフィーナの胸に不安が広がる。いったい、王が来たらどうなるというのだろう。『布令』が撤廃されるだけではないのだろうか？

「でも……どれほど厳しい方といっても、大国ヴァルドランドの王ともあろう御方が」

「王に資質は関係ない。必要なのは、力だけだ」

ヴァイスは即座に言い返した。エルフィーナは思わず言葉につまる。違う、と言い切れない自分が悲しい。けれど、うなずくことはできない。

「力があるなら、どうしてそれを、正しい方向でつかわないのですか。バンディオス陛下《へいか》も……あなたも……」

「正しい方向？　それはどっちだ？」

「世の人々が、笑って平和に暮らせるような」

「くだらないな」

ヴァイスはまたもエルフィーナの言葉を切って捨てた。ぐっとエルフィーナの喉がつまって、目と鼻の奥がジンと痺《しび》れた。怒りのあまり、声が震えた。

「他人《ひと》のためになることが……他人《ひと》の喜ぶ顔が見たいということが、そんなにくだらないことなんですか！　そんなに……」

涙が浮いて、続かなかった。これまでのどんな辱めより、いまのやりとりが悔しかった。この場所の、クオン王子の優しい笑顔と、笑顔の約束の思い出までが、あっさり切り捨てられたように思えた。

「なあ、エルフィーナ」

ヴァイスは、妙に落ち着いた声で言った。

「他人《ひと》のためになることをしたい、他人《ひと》の喜ぶ顔を見たい。それも、結局は、お前自身から出た欲求じゃないのか？　他人の喜ぶ顔を見れば、自分も喜ばせたことが嬉《うれ》しい。他人が笑えば、自分も安心して一緒に笑える。つまるところは、自分じゃないのか」

「――っ……」

「生きているのも自分、死んでいくのも自分。喜びも、苦しみもすべて自分のものだから、そこで己がより求めるものを、追いかけるのが、人間てヤツだ」

「……」

「お前が欲求するものは、他人《ひと》の喜ぶ顔かもしれん。だが、おれの欲求はそうじゃないんだ――残念ながらな」

「……う……」

何ひとつ、言い返すことができなかった。エルフィーナは、ただ、弱々しく首を横に振り、やっとの思いで、唇を開いた。

「あなたは……間違ってます……まちがっ……う……うう……」

涙の雫が、ヴァイスの頬にポツリと落ちた。

「エルフィーナ」

その露を頬に乗せたまま、ヴァイスはエルフィーナを見上げて言った。

「もし、おれがいまここで、『平和を愛し、人々の幸せを願う、善良で誠実な人間になる』と誓ったら……お前は、おれを愛してくれるのか？」

指の長い、意外なほど美しいヴァイスの手が、そっとエルフィーナの涙をすくった。エルフィーナは、思わず頰を熱くして、少しの間言いよどんだ。

「……わ、わたくしが……」

暗い紫と紅のふたつの目が、じっとエルフィーナを見つめていた。

「わたくしが、あなたを愛するかどうかはわかりません……が、少なくとも、愛する価値のある人間だとは、思えるでしょう」

「……そうか」

ふたつの目が、ほんのわずかに和らいだ。

「しかし、エルフィーナ。おれはな」

そこでヴァイスは、ゆっくりと動いて起きあがると、マントの裾《すそ》をかるく払った。

「そうして、嘘で着飾った姿を愛されるより……」

——裸の自分ゆえに憎悪されるほうを、選ぶ。

言い切ったとき、それはすでにヴァルドランドの王子の鋭い目だった。

前庭にチラリと人影が見えた。

「まずい。おれはいま、小うるさいじじいから逃げていたんだ」

ルージアが来たらヴァイスアードは死んだと伝えてくれ、と無茶を言い、ヴァイスは裏庭側へ去っていった。去り際にエルフィーナを振り返り、

「膝枕、気持ちよかったよ。お前を抱くよりいいかもしれんな……ははは」

何を考えている人なのか。後ろ姿を、エルフィーナはため息で見送った。

振り向いて、入れ替わるように近づく姿に、エルフィーナの胸がどきっとした。あれは、ルージア卿ではない。あれは……なぜだろう、髪の色も、まとっている雰囲気もまるで違うのに……クオンの姿に、10年前のクオン王子の姿が重なる。

「ヴァイス王子が、ここにいたように思うのだが」

声をかけられ、エルフィーナはさらに緊張した。こんなふうに、ふたりきりの場でまともにクオンと向かい合うのは初めてだった。

「王子を、お探しなのですか？」

「黒騎士団のナスタースに、模擬戦とはいえ王子に剣を向けた罰として、責任を持って捜せと言われた」

といって、クオンはとくに責任を感じているような様子もなく、適当に左右を見渡すと、いなければいい、と言って去ろうとした。

「お待ちください！　あの……」

思わず声をかけたものの、エルフィーナはどう続けてよいかわからない。とっさに、

「あの……この、指輪に見覚えはありませんか……？」

ずっと握っていた手を開いて、金の指輪をクオンに見せる。一瞬、クオンの目がわずかに開いたように見えた。が、クオンはあっさりと首を横に振る。

「……そうですか……」

ばかなことを訊《き》いてしまった、と、エルフィーナはふたたび指輪を手のひらで包んだ。

「バンディオス陛下が、フィールへいらっしゃるそうですね」

それでも、クオンに何かを求めてしまう自分を不思議に思いながら、エルフィーナはまた思いついた話をした。

「そうしたら、この国はどうなるというのでしょう。ヴァイス王子の『布令』は、効力をなくすとも言われていますが」

どうなる……と、クオンは小さく繰り返した。そして、エルフィーナを見ずに呟いた。

「それは、この国が、敗戦国の本来の姿に戻るということではないのか」

「本来の姿？」

「王が来て、『布令』がなくなるということは、ヴァイス王子の統治が終わるということだ。つまり、奉仕制度が終わると同時に、王子が禁じたものも解放される」

「――あっ……」

ヴァイスは、フィールへ侵攻した直後から、兵による略奪を固く禁じた。『布令』においても、女たちの命を奪うことは許されず、反した者は厳罰に処された。逆にいえば、奉仕することと引き替えに、民の命と生活は、保証されていたことになる。奉仕の衝撃で忘れていたが、それは「本来の敗残国」には有り得ないことだ。

「おれも、バンディオスがどんな統治をするのかは知らん。ただ、寝起きしている街の宿で聞いた話では……例えば、征服した街で、王に服従しない者がひとりでもいるなら、王は街ごとすべて焼き払い、火だるまになる人々を見ながら、黒衣の王妃を抱いて楽しむそうだ。そんな男が、兵による略奪や人殺しを、いちいち禁じるとは思えない」

「……」

「そして、秩序なく暴走した兵士たちが、どれほど残酷に民から奪い、女を犯し、殺すかは……それだけは、おれもよく知っている」

淡々とした口調のクオンが、そのときだけは、はっきりと声を震わせた。深い怒りと悲しみが、エルフィーナの胸にも伝わってくる。そしてようやく、エルフィーナも、人々の不安と懸念と、ヴァイスの言った「最後の平和」の意味を理解し――怯《おび》えた。

どうしよう……街が焼かれ、民が殺される……わたくしは、どうすればいいの……？

助けてください、クオン様。

目を閉じて、エルフィーナは金の指輪を握りしめ、心で恋しい人の名を呼んだ。

「……婚約者の指輪か」

「やはり、ご存じなのですか⁉」

「いや。だが、街の者たちは噂《うわさ》好きだ。嫌でも耳に入ってくる」

「そうですか……」

エルフィーナは、手を唇にあてるふりをして、そっと手の中の指輪に口づけた。

「――死人のことは……忘れたほうがいい」

「な……！」

エルフィーナは、きっと振り返ってクオンを睨《にら》んだ。

「なぜ、そのようなことを言うのです……国も、父も母も失ったわたくしが、せめて思い出にすがろうというのが、そんなに悪いことなのですか⁉　なぜ、ヴァイス王子だけでなくあなたまで、わたくしを責めるのです……わたくしは……」

堰《せき》を切ったように言葉が溢《あふ》れたが、あとはもう涙で続かない。すまん、だが、とクオンが何か言いかけた。エルフィーナはもう何も聞きたくないと耳を塞《ふさ》いだ。

しばらく、クオンはそこに立っていたが、やがて無言のまま背を向け、消えた。

エルフィーナはいつまでも泣き続けた。

なぜ、こんなことになってしまったの。なぜ、わたくしは一人なの……？

王が来ることの意味を知らされて、国が生き延びる希望も消えた。その上、大切な人との思い出までも打ち砕かれて、エルフィーナには、もう何も残っていなかった。

――もう、どうなっても構わない……。

ふと、壊れかけた心の隙間から、何かの種が芽を出すのを感じた。なんだろう。いつの間に、そんな種が植えられていたのだろう。でも、なんだろうと構わない。こんな自分の心など、その芽に養分を奪われて、根に絡まれ、干からびて消えてしまえばいい。


その夜、エルフィーナはヴァイスに連れ出され、覆面馬車で夜の街へと連れ出されたが、とくに抵抗はしなかった。護衛役として、クオンも同じ馬車に乗ったが、気まずさも不満もとくに感じなかった。

だが、馬車が止まって降ろされたのが、天幕で覆った小屋の裏側だったときには、さすがに少々、不安を感じた。

「ここは……？」

「見せ物小屋だ。といっても、客は男ばかりの見せ物だが」

そこへ、バディゼと張り合うくらいによく太った髪の毛のない男が、笑いながらぺこぺことヴァイスに近づいてきた。

「どうも、こんばんわでございます。わたくしが、小屋主のゴルビーノでございます。バディゼ大臣閣下には、日頃《ひごろ》からよくお世話になって――おお！　こちらが噂の『姫』ですか！　驚きましたでございますねえ。まさに、エルフィーナ姫に瓜二《うりふた》つでございます！」

奇妙なしゃべり方のゴルビーノは、小さな目を丸くしてエルフィーナを見た。瓜二つ？　違う、わたくしは本当の……。

「見ろ。あれが、この小屋の今夜の呼び物だ」

ヴァイスがエルフィーナに囁《ささや》いて、舞台裏に用意された看板を指した。

『エルフィーナ姫に瓜二つ！　エロフィーナ姫の秘密の花園、今宵《こよい》はとくとご覧あれ』

「な……」

内容もだが、一字違いの名前のひどさに、エルフィーナは呆れて言葉も出ない。

「わかったか？　お前はこれから、この小屋の見せ物として舞台に出る。客は皆、女を買う金もない下級兵士や、職にあぶれた無能なやつらだ。そいつらの前で、お前は裸で踊りながら媚《こ》びを売る」

「そ、そんな……」

「エルフィーナ姫にそっくりな女の裸というだけで、客席はもう満員らしいぞ？　だが、まさかエロフィーナが本物のエルフィーナ姫とは、誰《だれ》も夢にも思わぬだろうな。知っているのは、おれとお前と、クオンだけだ」

おもしろいだろう？とヴァイスは笑った。エルフィーナは、黙って悲しくうつむいた。どんなに嫌でも、恥ずかしくても、ヴァイスがそれを命じるなら、エルフィーナは、従うほかはないのだ。


「さあさあみなさま、お待ちかね！　間もなくエロフィーナ姫の登場です！」

舞台のほうから、甲高い男の声が聞こえた。うおおおと、くぐもった男たちの低い声が応《こた》えた。恐ろしくて、エルフィーナの膝が震える。ドロロロロ、と太鼓が鳴らされ、場内の灯《あか》りがいったん消えた。それが出番の合図だと、ゴルビーノから聞いていた。

震える脚で、暗い舞台を中央へ歩く。9歩歩いて立ち止まると、シンバルがジャーンと長く響いて、ふたたび舞台が明るくなった。

「うおおおお！」

「おいおい、本当にそっくりだぜ！」

「ゴルビーノのやつ、よく見つけたな……ありゃ本当にわからないぞ！」

エルフィーナが灯りに照らされたとたん、小屋が割れるほどの歓声があがった。観客は本当にびっしりで、小屋はむせかえるような男のにおいで満ちている。そしてすべての男たちの視線が、エルフィーナひとりに注がれていた。エルフィーナは、何をどうすればよいかわからず、おどおどと、お辞儀をしてみせた。

「いいぞお！」

「早く見せろぉ！」

エルフィーナは、いま顔だけを見せてマントを着ていた。まず顔を見せてそっくりだとよく認識させてから、脱ぐほうが盛り上がるだろうというヴァイスの指示だ。ドロロロロ、とふたたび太鼓が鳴って、背後の暗幕から黒い手袋をした手が伸びる。ジャン、とシンバルが短く鳴ると、手は、同時にマントをはぎとった。

「ああ……」

エルフィーナは、頬を熱くしてうつむいた。

「すげええええ！」

「でけえ、でけえぞあのオッパイ！」

「あんなにでっかくっていいのかよ⁉」

「う……」

マントの下に着せられたドレスは、乳房がくり抜かれて丸見えなほか、スカートも前が割れていて、左右にめくればすぐに恥ずかしい部分が見えるようになっている。恐らくは、このために作られたものだろう。

「あの大きさであの形は、かなり揉《も》まれて仕込まれた乳だな」

「しかも、もう乳首が勃《た》ってきてやがるぜ。相当の淫乱《いんらん》じゃねえのかあれは」

男たちに乳房を好き放題に言われ、傷ついて、エルフィーナは背中を丸めようとした。

だが、また背後から伸びた黒い手が、エルフィーナの両手を背中でまとめてしまう。

「いやっ！」

もがいたが、力ではまるでかなわない。しぜん、エルフィーナは胸を張り、男たちに乳房を見せつけるような姿勢になった。最前列の男なら、うまくすれば乳首に触れるかもしれない距離だ。ギリギリのところに何本も手が伸び、歓声が、ますます大きくなった。

「触らせろー！」

「オッパイ吸わしてくれよお姫さまあ」

痛いほどの視線を、乳房に感じた。そうして、冷やかされているとおり、たくさんの男たちの目に晒《さら》されることで、乳首が痺れて乳輪からピンと浮き上がり、むず痒《かゆ》く固くなっていくのを、エルフィーナは止めることができなかった。

耳慣れない音楽が流れ始めた。腕をいましめていた手が離れた。踊れ踊れ、とはやされたが、どう動いてよいかもわからない。宮廷の舞踏会で踊るときとは、音楽のテンポがまるで違う。

「どうした、エロフィーナ！」

「ぼーっとつったってるだけじゃ萎《な》えちまうぞぉー！」

ヤジが飛んだ。困り果て、エルフィーナが舞台に背を向けようとすると、また幕の間から腕が出てきて、エルフィーナの乳房を揉み始めた。

「ああっ！　いやっ！」

「待ってましたあっ！」

「いいぞ、もっと喘《あえ》がせろ！」

乳房を揉む手は、慣れたしぐさで、エルフィーナの官能を刺激した。乳首をつまみ、指で丸めながら全体をこねるように大きく揉みこむ。繰り返し、繰り返し左右を同時にほぐすように揉まれていくうちに、エルフィーナは、頭の芯《しん》が熱く酔わされ、しだいに羞恥心《しゅうちしん》から解放される。

「んっ……はあっ……」

ああ。これは、ヴァイス王子の手に違いない。エルフィーナは、うっとりと目を閉じ、唇を半開きにしながら、確信した。こんなにも、わたくしの身体をよく知って、わたくしを気持ちよくしてくれるのは、ヴァイス王子しかいない。

唇から、甘い息が何度も漏れた。乳房を揉む手は、音楽にあわせるように強弱をつけ、エルフィーナもそれにあわせて肩や腰をひねった。客席から、口笛や歓声が飛んでくる。エルフィーナが、しぜんに身体を揺すり始めると、黒い手はすっと乳房を離れ、背中をトンとかるく押した。

エルフィーナは、ふわふわした足取りで、舞台の上で踊り始めた。踊っているという自覚はないが、腕を伸ばすと乳房も上向きに引っ張られ、腰をひねると、少し前から疼《うず》いている下腹部がほぐされていくようで、気持ちがいいから、そうしている。かるく跳ねたり、まわったりすると、乳房がゆさゆさと上下に揺れた。そのたびに、口笛と歓声で場内がわいた。エルフィーナは、恥じらいながらもどこか爽快《そうかい》さを感じていた。わたくしは、膨らみ始めたころからずっと、この大きなお乳が恥ずかしかった。けれどいま、白いお乳も、乳首も全部、男の人たちに見られてしまうと、むしろ、すっきりとしたような、もっとお乳を見てほしいような気持ちにさえなる。

「そろそろ下も見せてくれよー」

「そうだそうだ、もったいぶってねえでオマ×コ開いて見せろー」

「濡れてお漏らししちゃったから、恥ずかしくて見せられねーのかぁ?」

小屋中に爆笑が巻き起こった。恥ずかしい。身体を快感にゆだねながらも、エルフィーナのあそこがピクンと震えた。じつは、最初に舞台にあがったときから、そこはもう、ジワジワと蜜《みつ》を出して濡れているのだ。スカートの下には、ほんの小さな三角形の下着をつけて、割れ目の部分だけを隠しているが、恐らくはもう、布地も濡れて透けているに違いない。前を開けば、すぐに客にも知られてしまう。

「見せろ!　見せろ!」

だが、小屋の中が「見せろ」の声でいっぱいになり、怒号混じりになってくると、もうスカートをめくらないわけにはいかなくなった。せめて、踊りの中にまぎれようと、エルフィーナは、音楽にあわせて少しずつ、チラリ、チラリとスカートを開いた。動くたび、濡れた股間《こかん》がスウッと冷えた。

「おおっ！　見えたぞ！」

「濡れてるか？　マ×コの形ちゃんと見えたか？」

「かなりきてるぞ。縦じわが真ん中にくっきりだ」

ああ、とうとう、恥ずかしく濡れているところを見られてしまった……。

品のない、薄汚れた男たちが息を荒くして、舞台の下にびっしりと集まり、いやらしい目を、エルフィーナのあそこに集中させている。それだけで、ピクン、ピクンとあそこが震え、どうしようもなく蜜が溢れた。

「お姫様、ちゃんとじっくり見せてくださいっ」

「チラチラもいいが、こっちのチ×ポがもうたまんねえ」

「おれなんか、もう1回終わっちまったぞ！」

また爆笑。エルフィーナは、客の声に導かれるように動きを止めて、スカートを両手で左右に開いた。立ったまま、胸を反らし、かるく脚を広げて、そこを晒した。

「おおおお！」

「すげえ、すげえ濡れてる。お漏らしマ×コだ」

「いじられもしねえであの濡れっぷりか。さすがフィール国一の淫乱姫だな！」

歓声や、いやらしいヤジのひとことひとことが、エルフィーナの割れ目に食い込んで、奥を刺激してくるようだった。音楽が、ひときわ大きく、盛り上がってきた。少しずつ、エルフィーナの身体から力が抜けた。

わたくしは……見られることで、感じている。フィール国一の、淫乱姫……。

そうだ。淫乱なお前は、これからどうすればいいかわかっているな？

ヴァイスの声が聞こえた気がした。いつも、こういうときはヴァイスがいて、ヴァイスの言うとおりにしていたので、頭に染みついてしまったのかもしれない。

わかっています……エルフィーナは、心でヴァイスに返事をした。スカートを開いて見せたまま、腰に結んでいた紐《ひも》を解き、股間を覆う濡れた布をはがした。

「おおおおお！」

客席に、今日一番の歓声が起きる。エルフィーナは、歓声に身も心も巻き込まれ、揺すられて、夢を見ている気分のまま、客席のギリギリまで前に出て、舞台にぺったりと座り込んだ。ふと音楽がとぎれて、静かになった。あれほど騒がしかった客席も、ただじっと、エルフィーナの動きを見守っている。エルフィーナはなぜかさみしくなった。早く、求められていることを、しなければいけない気持ちになった。立て膝をして、自分で自分の膝

頭を抱えて、ゆっくりと、大きく左右に開く。濡れて柔らかくなったあそこが、ピチュ、と音をたてて開いた。

場内は、ずっと静かだった。ただ、荒い息とモゾモゾと身体を擦《こす》り合うような音だけが、エルフィーナの耳に聞こえてきた。

ああ……。

じっとして、開いたあそこを晒していると、視線の数だけの男のものが、そこへ入ってくるようだった。エルフィーナはうっとりと目を閉じた。熱い空気に、生々しい男のにおいが混じってきた。エルフィーナの乳首にも、顔にも、あそこにも、小屋中の男たちの放ったものが、全身に浴びせられるようだった。

「んっ……！　う、んんっ……ああ、ああ……うんっ！」

エルフィーナは、とうとう現実には手も触れられないままに、視線だけで、あそこをヒクヒクと震わせて、蜜を吐きながら達してしまった。

（よろしかったのですか？　ご自分だけ、先に戻られて……）

「構わん。帰り道は、クオンに護衛をさせれば大丈夫だ」

フィラン城の自室で、ヴァイスはいつもの、女の影と話していた。

(本当は、後悔されているのではないですか)

「後悔？」

(お戯れで、エルフィーナ姫に快楽を教えたことを……そうして姫が、快楽に溺《おぼ》れていくのを見るに忍びず、お帰りになったのではないのですか)

「ハッ、笑わせるな。おれはただ、下手《へた》な踊りにいつまでも付き合うのに疲れただけだ」

(でも、エルフィーナ姫は、あなたが先に帰ったと知ったら、さみしがるでしょう)

「なぜだ」

(……あなたを、慕っているようですから)

「おれを？」

ヴァイスは一瞬、本気で驚き、それから大げさに高笑いをした。

「いい加減にしろ。どこをどうすれば、そう見えるんだ。あの姫は、いまでも死んだクオン王子を、一途に想《おも》っているじゃないか」

(……)

「それとも……女というものは、憎んでいるはずの相手でも、何度も抱かれているうちに、憎しみが愛情に変わるとでもいうのか？」

――エルフィーナも……そして、マーナ《あのひと》も……？

(いいえ。女は、本当に憎い相手なら、抱かれるたびに憎しみが増すことはあっても、愛に変わるなどありえません。ただ……あの姫は……）

「もういい。クオンの件といいエルフィーナといい、お前は、おれが関《かか》わる相手に干渉しすぎだ。しばらくは、おれの好きにさせろ」

ヴァイスは少々うんざりして、グラスに残った飲み物を干した。

（申し訳……ありません）

女の影は、心からすまなそうに小さくなった。ふっと、ヴァイスは笑みを浮かべる。

「だが、お前のことは信じているぞ。お前は必ず、最後はおれのそばにいると」

影を抱き寄せ、ヴァイスは女の髪を撫《な》でた。

「お前が、たとえどんな女でも——そうだろう？」

（もちろんです……私は、ヴァイスアード殿下に命を捧げています）

影はヴァイスの胸に抱かれて、その下半身に手を伸ばした。愛《いと》しげに、ヴァイスのものに触れ、そっと上半身を倒して、それに唇を近づけていく。

（今夜は、私に殿下のお世話をさせてください）

あたたかい、女の舌と唇に、ヴァイスの先端が包まれた。ヴァイスは身体の力を抜いて、椅子《いす》の背中に身をあずける。

「そうだな。今夜は久しぶりに、お前と何もかも忘れて楽しむか」

そして、ぐっすりと眠らせてくれ。おれがまた「あの日」の夢など見てしまわぬように。

第六章　守るべきもの

夜の廊下を、エルフィーナはひとり、足音を殺して歩いていた。

月明かりと、小さな燭台《しょくだい》の灯だけを頼りに、あまり訪れたことのないあたりへ進む。

わたくしは……何をしようとしているのだろう……。

頭の隅で、引き返せと理性が訴える。けれど、エルフィーナは足を止められない。少し迷って、ようやく目指す部屋の扉を見つけた。左右を見渡し、燭台の灯を消し、扉の鍵穴《かぎあな》から中を覗《のぞ》いた。

アンが裸で、ヴァイスの腕に抱かれていた。

「あう、殿下……もう、もうお許しくださいっ……」

「だめだ。ちゃんと言われたとおりにしなければ、とっておきの褒美はやらないぞ？」

「ううっ……でも、でも……」

ヴァイスはベッドに腰かけて、アンを膝《ひざ》に乗せる姿勢で背後から抱き、膝の裏を抱えて大きく開脚させている。アンは半分宙づりで、ちょうどエルフィーナの見ている扉のほうへ身体《からだ》を向けていた。三角形の未熟な乳房、くびれの少ないウエストに、細い腰。年齢でいえば子供ではないはずなのに、アンの身体つきは本当に幼い。そして、あの部分も……。

はしたない、いけないと思いながらも、自分のそこすらまともに見たことのないエルフィーナには、丸見えのアンの割れ目がとても珍しく、つい、じっくりと観察してしまう。

しかもそこはいま、ヴァイスの長い指で両側を開かされ、奥の襞《ひだ》まで晒《さら》されていた。

「どうした？　少し縮こまっているな」

「うう……」

そこの形は花弁の厚い蘭《らん》の花に似ている、とエルフィーナは思った。両側に、赤みのある肉の花びらが縦に開いて、中心よりもやや上に、花びらの合わせ目に包まれるように、ぷっくり丸い膨らみがある。ヴァイスはそこにも指をあて、小さく円を描きながら、じっくりと、膨らみを刺激してやっていた。

「っ、あっ……ひん……ああんっ……」

いじられて、アンはお尻や脚をぴくぴくと震わせ、気持ち良さそうに目を閉じている。膨らみの下の、開いた花びらの間から、トロリ、トロリと透明な蜜《みつ》が零《こぼ》れてくるのがよく見えた。エルフィーナの頭が少しぼうっとした。ヴァイス王子は、わたくしのあそこも、よくあんなふうにいじってくれる。わたくしのあそこも、興奮するとあんなふうに濡れてくるのね。たくさんお露を出してしまうと、お尻の穴の周りの襞や、太腿《ふともも》の付け根まで濡れてしまって、あそこ全体がトロトロになる。アンもいま、同じようにお尻までたっぷりと蜜を垂らして、あそこをツヤツヤに光らせているわ。

「感じてきたか？　出そうになってきたんじゃないか」

「でも……でもっ……」

「言われなくても、お前は最初からやってただろう」

「それは……わざとじゃ、なかったんですぅ」

　アンは上気して染まった頬《ほお》をますます赤くして恥じらっていた。なんだろう。アンは何を最初からしたんだろう？　わたくしには、できなかったことなのだろうか。

「いいから、早く出せと言うのに」

　ヴァイスはアンの膨らみをつまみ、指先を擦《こす》り合わせて丸めたり、揉《も》みつぶすように押したりした。いやあ、ああっと声をあげ、眉《まゆ》をさげて困った顔をするアン。宙づりの膝を閉じたばたした。子供のような動きだった。そういえば、小柄なアンが長身のヴァイスに抱えられているあの姿勢は、ちょうど、小さな子供が親に――

　あっ。

　考えて、はっと気づいて床に目をやる。すると、ちょうどいまヴァイスが座っているベッドの少し前あたりに、口の広い、大きな陶製の鉢が置かれていた。まさか、あれは。

「うんんっ……殿下……殿下っ……わたし、わたし、もう……っ！」

　丸見えに開いたアンの花びらが、閉じたり開いたりヒクヒクした。

「出るんだな？」

　アンは勝負に負けたような顔でうなずいた。出すときはなんと言うか教えたな？とヴァイスがその耳に低く吹き込む。はい、とアンはまたうなずいて、うつろな声で言い始めた。

「メイドの、アンでございます……ヴァイスアード殿下に、オ……オマ×コをいじって気持ちよくしていただいたので、お礼に、わたしのオシッコをお見せしたいのですが、よろしいですか」

「許す。さっそく小便しろ」

　ヴァイスはとどめのように指をつかって、敏感な膨らみの少し下、ちょうど尿の出るあたりを刺激した。

「くう」

　ぶるぶるぶるっと、アンの全身が小刻みに震え、プチュッと最初の一滴が出た。同時に、きめの細かい肌が粟《あわ》立ち、触れられてもいない乳首が色を濃くして上を向いた。あとはもう、アンはヴァイスに抱えられたまま、勢いよく、黄色い尿を飛ばすしかなかった。

「はあーっ……あああ……」

　恥ずかしそうに眉を下げ、しかし気持ちよさそうなため息をついて、アンはひたすら放尿する。あの割れ目のどのあたりから、どうやって尿が出てくるかも、もちろん、エルフィーナは初めて見た。尿はやや上向きに勢いよく出たと思うと真下に垂れて、用意されていた鉢に落

ちてたまった。やはりあれは、アンのための「おまる」だったのだ。

「ああん……はあっ……」

尿はやがて、ジョロジョロと勢いを失って股間《こかん》を流れ、ベッドの敷布を少し濡らした。

出し終えて、アンはぐったりとヴァイスに寄りかかり、半分泣き顔で報告した。

「出しました」

「小便するのを見られた気分はどうだ？」

「恥ずかしいです……でも、殿下のご命令ですから……」

「よし」

ヴァイスは子供をあやすようにアンの髪を撫《な》で、手近な布で、尿で濡れたアンのあそこを丁寧に拭《ふ》いた。拭かれてアンはまた少し感じたらしく、んっ、んっと鼻で啼《な》いてヴァイスに甘えた。

ずるいわ、アン。

エルフィーナは二重の嫉妬《しっと》の気持ちでいっぱいになる。アンはもともとエルフィーナ付きのメイドなのに、ヴァイスがすっかりアンをなつかせているのも悔しい。そして正直、ヴァイス王子が、自分と同じようにアンの身体を調教し、楽しんでいるのもさみしかった。わたくしには、王子はあんなことはご命令されないのに。

アンの代わりに、自分がヴァイスの腕に抱えられ、放尿する場面を想像した。すると、あの部分が絞られたようにキュッと縮んで蜜を零した。いけない。このごろとてもあそこが濡れやすくなって、すぐに下着が濡れてしまう。エルフィーナは太腿をすりあわせた。

「それでは、約束どおり褒美をやる」

ヴァイスはいったんベッドを下りて、部屋の隅の大きな包みを取ってきた。

「開けてみろ」

「はい……あ……これは⁉」

アンはきょとんとして中身とヴァイスを交互に見た。それは、袖《そで》やスカートにフリルやリボンのたくさんついた、桃色と白のドレスだった。エルフィーナはあっと驚いた。あのドレスには、見覚えがある。

「エルフィーナが13歳のとき、式典用に作ったドレスだそうだ。本人はもう、この服では胸がきつくて入らないだろうから、蔵の管理人から失敬してきた」

よく見ると、ヴァイスはドレスのほかに、首飾りや、小さなティアラまで用意していた。

「お前も女なら、こういう服に憧《あこが》れるんじゃないか？　一度、エルフィーナの部屋を掃除しながら、こっそり姫のドレスを鏡であてているお前を見たぞ」

「あ……ヴァイスアード様……わ、わたし……っ……」

「泣くな。泣き顔ではせっかくの姫姿がさまにならん。いいから、さっそく着て見せろ」

「あう……は、はいっ」

「ただし、下着をはくことは禁止する。スカートの中は靴下のみだ」

「えっ……」

「そうでなければ、おれがお前にわざわざその服を着せる意味がない」

ヴァイスはいつもの片頬だけの笑みを浮かべた。アンはその意味をさとったのか、ほんの少し残念そうにしてみせたが、すぐ顔を赤らめ、わかりました、とうなずいた。

「ドレスを着たら、いまからお前がお姫様。おれは、お姫様の教育係だ」

クスクス笑うヴァイスを見て、やっと、エルフィーナにも、ヴァイスが何をするつもりなのか察しがついた。が、どうにも妙な気分だった。

「着てみました」

モゾモゾやっていたアンが、ヴァイスの前に立って見せた。はにかんで、だがやはり嬉《うれ》しそうに目を輝かせて、アンはドレスでひとまわりした。ドレスの裾《すそ》がふわっと広がり、床にきれいな円を描いた。

「ふうん……姫。じつのところ、わたくし少々不安を抱いておりましたが、思いのほか、よくお似合いでございます」

ヴァイスは口調をうやうやしく変えた。

「あは……いえ、そんなぁ」

手を頬にあて、満更でもなさそうなアンだったが、

「しかし姫。あいにく胸の布地だけが、決定的に余っておりまする」

「う」

「姫の女性としての発育が芳しくないのは、教育係としてまことに残念。姫が女性らしくなりますよう、ご指導さしあげたいのですが、よろしいでしょうか？」

「えっ、あの……はあ……」

アンはヴァイスにどう答えていいかわからないらしい。

「それでは、失礼いたします」

ヴァイスはアンの身体をかるがると持ち上げ、横抱きにした。そのままアンをベッドに運び、そっと寝かせる。戸惑っているアンに構わず、失礼、とつぶやいて長いスカートの裾からゴソゴソと手を入れた。

「あっ……あ、んっ……」

アンが左右に身をよじった。ヴァイスの手が、あそこに触れているらしい。

「姫、ご気分はどうですか？」

「はうっ……」

「お返事がないということは、あまり心地よくはないのですか」

言葉づかいだけは神妙だが、ヴァイスの顔は笑っている。アンは、スカートの中で脚をバタバタさせて、唇を噛《か》み、何かじれったそうな目でヴァイスを見た。

「そうですか。では、もう少しきっちりとご指導させていただきます」

ヴァイスはアンのスカートの中に頭を入れた。ヴァイスがアンの両脚を広げ、中心に顔を近づけているのが、エルフィーナにもはっきりとわかった。

「んうっ……あ……ふうんっ……はあ……」

アンはすぐにうっとりした顔になり、目を閉じて、ヴァイスの与える感覚に酔っている。きっといまごろ、ヴァイスはアンのあそこを間近で見ながら、花びらを広げて、間に舌を這《は》わせているに違いない。ザラザラして、柔らかいけれど弾力のある舌が、割れ目を丁寧になぞったり、感じやすい膨らみに絡んだり……。エルフィーナは、何度も太腿を擦り合わせた。無意識に、何度も手のひらを自分の股間に置いて、慰めるように丘をさすった。

元公女、つまり本当の姫である自分が、偽物が姫と呼ばれるのを見て、あそこを熱くしているのは、ひどくみじめなことかもしれない。けれど、このごろのエルフィーナには、あまりそうしたこだわりはなかった。興味があるのは、ヴァイス王子が、次はどんなふうに自分を調教してくれるのか、というようなことばかり。アンがヴァイスに思いを寄せているることは、以前の湯浴《ゆあ》みから気づいていた。だから気になる。ヴァイス王子は、わたくしよりも、アンがお気に入りなのかしら……わたくしのような、大きなお乳の女より、子供っぽい身体つきの女がお好きなのかしら。どうしよう。わたくしには、もう、売春婦として王子に可愛《かわい》がっていただくほかは、何も生きるすべがないというのに。

「姫、いかがですか」

スカートの中から、ヴァイスのこもった声が聞こえた。はあはあと、ずっと息を荒くしているアンが、半分目を開いてうなずいた。

「すっごく気持ちいいです、殿下……」

「殿下ではありません。教育係のヴァイスです」

ヴァイスはアンのスカートをめくりあげながら顔を出した。アンは大股《おおまた》開きのままだ。桃色と白の、かわいらしいドレスをめくった下で、下品にあそこを丸出しにして、しかも、そこをトロトロに濡らしているアンは、ひどく淫《みだ》らな少女に見えた。身をよじってあえいでいるうちに、ゆるかったドレスの胸の部分がずれて、乳房まで見えてしまっている。

「気持ちよければ、ヴァイスに、もっと気持ちよくしなさいと命じてください」

ヴァイスは、チラリと見えるアンの乳首を引っぱり出して、指でつまんだ。

「くうんっ……あんっ……」

寝そべって、両手を上にあげてしまうと、乳房がのびてアンの胸はいっそう平らに見えるのだが、頂上の乳輪と乳首だけは、三角形に尖《とが》ってやや外向きに浮いている。そこをていねいにこねまわされて、アンは嬉しそうに唇を半笑いの形に開き、おねだりのようにお尻を振った。

「さあ、命じてください姫。『お前のもので、もっと姫を気持ちよくしなさい、ヴァイス』

と」

「んっ……はい……お前の、もので……姫を、気持ちよく、しなさい……ヴァイス」

「承知いたしました」

ヴァイスは服を脱いで自分のものをかるくしごくと、開いたアンの入口にあてた。

「失礼して、挿入させていただきます」

「う、んあっ……ふう、ん、あ、はうッ……うんッ……」

ヴァイスが腰を進めるたびに、アンは背中を大きく反らし、開いた唇を震わせる。あんな狭そうなあそこによくも、あれだけの太いものが入るものだ。しかも、アンはヴァイスを受け入れて、ヴァイスが上で動き出すと、腰を揺すって同調した。中を貫かれる快感を、すっかり身体が知っているのだ。

ヴァイスはアンの膝を抱えて、乳房につくくらいに広げさせると、深く突いたり入口近くまで抜いたりしながら、大きくアンを揺さぶった。

「姫、どうですか、ヴァイスのチ×ポは」

「あう……気持ちいい……すごく気持ちいい、ヴァイスのチ×ポ……んッ、ン」

言われるままに繰り返すのがもう癖になっているように、アンは卑猥《ひわい》なことばをはっきりと言った。揺すられて、小さめの乳房の頂上だけが、乳首に引っ張られるように揺れている。ヴァイスの動きが速くなった。のぼりつめ、射精に近づいている。エルフィーナも、

自分のお腹でヴァイスのものが熱く動いているように思えて、胸がどんどん高鳴ってきた。

「姫、姫のお乳に精液をかけます、よろしいですか」

「あう……はい、かけてっ……」

いいわ、思い切り出しなさいヴァイス。

エルフィーナは心で勝手に付け足した。いつの間にか、手がずっとあそこを触っているが、はしたなくてもそこから手を離すことができなかった。

「あふ……」

アンの身体に、白い精液が勢いよく飛んだ。顔にも唇のまわりにも、ピュッピュッとそれが振りかけられる。かわいいドレスは汚れてしまった。浅い胸の谷間にトロリと精液が流れて落ちた。出し終えて、満足してかるく息をつくヴァイスの顔。エルフィーナは、もう疼《うず》いている身体が限界になって、足音を忍ばせ、その場を去った。

部屋に戻るなり、ベッドに倒れる。服を引きちぎるように胸もとを開くと、ずっと張っていた乳房が解放されたようにぷるんと飛び出た。エルフィーナは、両手で思い切り自分の乳房を揉みしだいた。出ない乳を搾り出すように根もとから乳首に向けて刺激し、指先で乳首を固くまるめた。この乳首を、ヴァイス王子に何度も吸っていただいた。乳房のところだけをくり抜いた、いやらしい服から飛び出したお乳に、あの指の長い手が食い込んで、チュウチュウ音をたてて、何度も、何度も。

「うんッ……」

もどかしくなり、まとわりついていたドレスも下着も脱ぎ捨てた。こっそりのぞきをしていたときから、ドレスは汗で湿っていた。裸になると、素肌に空気が触れて気持ちいい。エルフィーナは思いきり脚を開いた。一番熱くなっているあそこにも、空気をあてて冷ましたかった。

クチッ、と淫らな音がした。わかっていたことだが、そこはもう、蜜が太腿まで溢《あふ》れ、肉の唇が充血し、頂上のクリトリスが固くなり、内部は勝手にヒクついて、完全に発情しきっていた。そっとクリトリスに指をあてると、ビクビクッと、太腿が上下に震え、お尻の穴がキュッと締まった。目を閉じて、エルフィーナはさっきのヴァイスを想像しながら、中指を割れ目に差し込んで、下から上に、クリトリスを擦った。

ああ……気持ちがいいっ……！

膝を立て、お尻が浮くくらいに持ち上げて、両脚を赤ん坊がおしめを取り替えられるときの形に大きく開き、エルフィーナは無心に自慰を続けた。ヴァイス王子に、初めて身体を開いたときに、クリトリスの皮をプツリと剝《む》かれ、痺《しび》れるほど感じたことを思い出した。あのとき、感じるのが怖いと思った自分はもう、ひどく遠い。いまは、こうして自分できっちり皮を剝き、一番いいところをいじれるのに。

「はん……うんっ……！」

クリトリスの、鋭く単純な感覚だけでは物足りず、エルフィーナは奥へと指を進めた。蜜でグショグショになっているところへ、すっと一本、指を差し込む。指は簡単にのまれていった。出し入れすると、肉の壁を擦られる快感とともに、奥のほうで、さらに何かがつよい快感を求めて疼いてくる。どうしよう、指ではもう満足できないかもしれない。王子とアンに見せつけられて、わたくしの、調教を受けているオマ×コは、太いものが欲しくなっている。いいえ、オマ×コだけじゃない。後ろの穴も、ひどく熱いわ。

「……」

エルフィーナは、ぼんやりと半分目を開けて、枕《まくら》の下に手を入れて探った。ヴァイスが、いつでも使えるようにと、ここにあの張り型を入れている。前の穴用の太いものと、後ろの穴用のやや細い物と。エルフィーナは2本とも取り出した。一本ずつ、股間に挟んで前後に擦り、全体に、自分の蜜をよく塗りつける。そうして、前から先に入口にあてがい、息を吐いて、ぐっと一気に挿入した。

「うんッ……」

つい声が漏れる。張り型でも、待っていたものを与えられ、腰全体に、満たされた感覚がじいんと広がる。また息を吐き、今度は後ろに、ゆっくりと、少しずつ細い張り型を埋めていった。前と後ろと、2本の張り型をくわえこみ、どちらの穴もいっぱいに開いているところへ、さらに一番上のクリトリスに触れると、あの部分から、乳房のてっぺん、頭

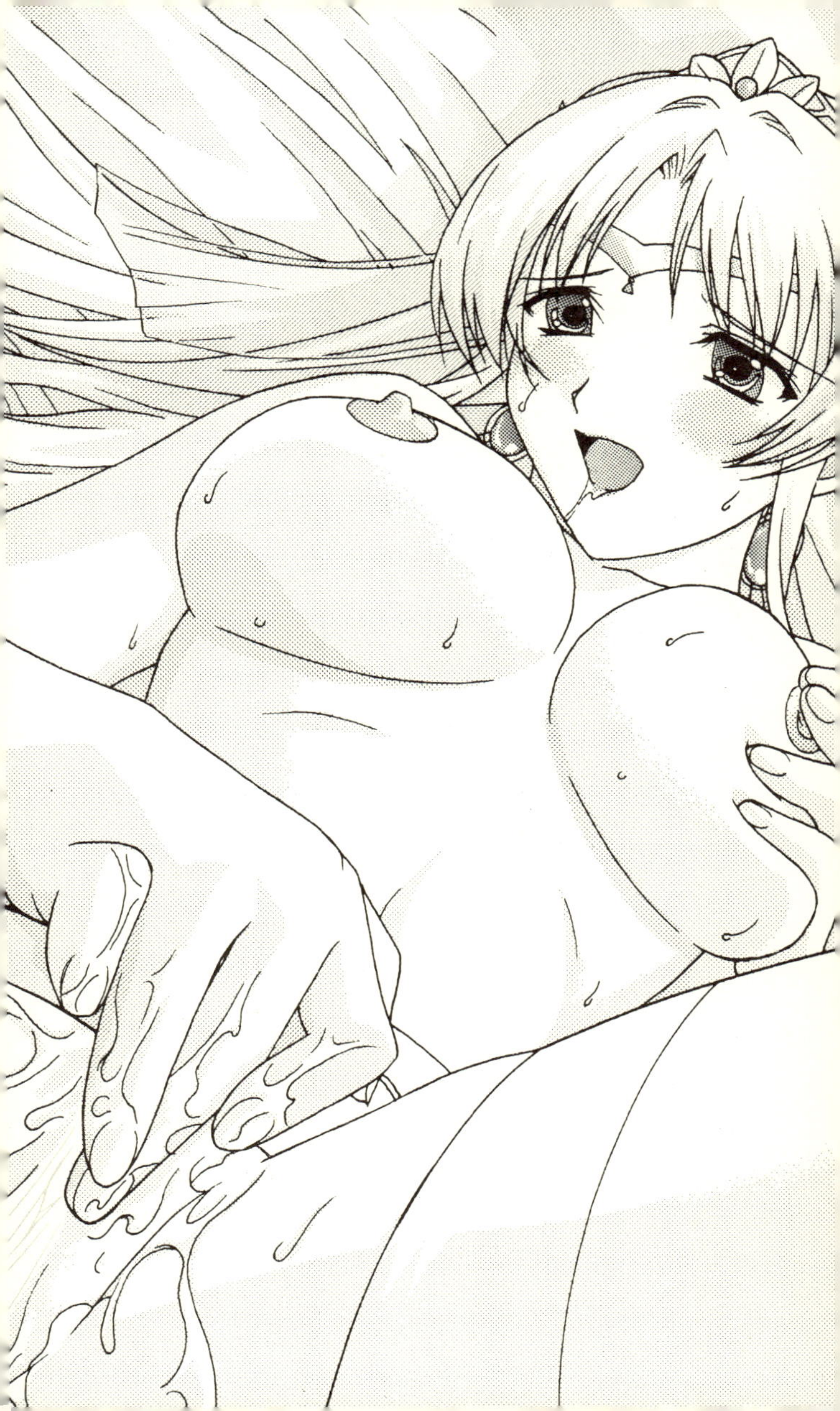

の後ろ、足の指先のすみずみまで、すべてがとろけそうに気持ちよかった。

「ふあ……んんッ……」

エルフィーナは、張り型を入れたまま手で動かし、腰を振ってひとりたかまっていく。

ああ、ヴァイス……わたくしは、あなたの言ったとおりに、フィールで一番、淫乱《いんらん》な売春婦になりました。だから、わたくしを抱いてください……ずっとずっと、わたくしを犯してください。そうしたら、わたくしは、ただ、あなただけに奉仕する人形になれます。

過去も未来も、みんな忘れて……。

「あうっ！　ううっ！」

絶頂の波が訪れて、エルフィーナは全身をこわばらせた。閉じた目の中で何かが光り、意識がかすれて遠のいていった。


王と、王妃の一団は、ほぼ支障なくフィールへ向かっているという。この調子なら、予定どおりにあと数日で、フィラン城が見えるところまで来るだろう。

城内は、妙に静かだった。歓迎の準備をするでもなく、表だっては王の話題が出ることすら少なく、淡々と、その日を迎えようとしていた。

そんな中、今日のヴァイスは朝から身を清め、軽装で礼拝堂にこもっていた。

10年間、毎年この月のこの日になると、ヴァイスは同じことをしている。

10年前のこの日に事故で死んだクオン王子に、祈りを捧げる日と決めているのだ。

この日ばかりは、ルージアも、会議の欠席に文句を言わない。ハーデンもラッセも、今日は遠慮して剣技場にいる。クオンも、ズゥさえも傍《そば》に寄ることを許さずに、一人、ヴァイスは静かに祈っていた。

祈るといっても、ヴァイスは神を信じていない。ただ、故人を思い、おのれの心と向き合う場所に、礼拝堂を選んでいるだけだ。

――クオン王子。やがて、この国に親父《おやじ》が来る。どうも、やたらにデカイ軍勢を引き連れて来るらしい。なぜだろうな。あの男らしい、力の誇示か。それとも、紅《あか》い目が光ったことのないあの男でも、何かを感じているのだろうか。

おれは、どうするべきだと思う？

あの男がここへやってきたら、おれの『布令』など虫の羽ほどの価値もないと踏みにじり、フィールの民を気まぐれに殺し、気の向くまま街を破壊するに違いない。そして、あの男は間違いなく美しいエルフィーナを望み、自分のものにするだろう。

（あの姫は、あなたを……）

昨夜の影の言葉が胸をよぎる。まさか、とヴァイスはふたたび首を横に振った。けれども、バンディオスに抱かれるエルフィーナを思うと、どうにも、胸がすっきりしない。想像の中で、王に深々と貫かれ、泣きながら喘《あえ》ぐエルフィーナの姿に、マーナが重なる。忘れたい、思い出したくないとどれほど願っても、ヴァイスの紅い右目の奥にこびりついている「あの日」のマーナ……。

――マーナ、早く！

「ヴァイス……待って……」

五年前。ヴァイスは、マーナを連れて、父王のもとを逃げようとしていた。父は、ヴァイスのマーナへの思いを知りながら、マーナを後妻にと望んでいた。マーナは、姑息《こそく》な兄のラスティーン伯に半ば騙《だま》され、結婚を承諾してしまった。そして、ヴァイスの紅い右目は、バンディオスに抱かれるマーナの未来を、途切れ途切れにヴァイスに見せた。右目の覚醒《かくせい》は不完全だったが、屈辱的な形で処女を奪われ、泣いているマーナを見てしまったヴァイスは、その未来から逃げるため、マーナを連れ出そうとしたのだ。

だが、逃亡は失敗に終わった。

「かわいいことをやるじゃないか」

「離せ！　畜生！　マーナ、マーナっ……」

ラスティーン伯に見つかり、捕らえられ、手足の自由を奪われたヴァイスが、無理やり見せつけられたあの場面。

「――見るがいい。ヴァイスよ！　この女がわしの新しい妃だ、お前の義母だ！」

「ああっ、いや……見ないで、お願い見ないで、ヴァイス……ああ……っ！」

全裸にされて、大きく脚を開かされ、血を流すそこを王に犯されているマーナの姿は、まさに、右目が見せた未来の場面そのものだった。

「痛い……痛いいっ！」

肉の薄い、ぴったりと閉じていたはずの部分を、無理やりに男のものにこじ開けられ、ねじり込まれて、かき回されていたマーナ。

「さあ……ワシの子を……孕《はら》むがよいっ……！」

「ひいっ！……く……ひ、っくっ……」

王に激しく揺さぶられ、苦痛から、やがて悲しみ、うつろな絶望へと変わっていくマーナの顔を、ヴァイスはただ、見つめ続けるよりほかなかった。おのれの無力に、気が狂うほどの怒りを覚え、視界を紅く染めながら……。

――やめろっ……やめろ……うあああ……うあああああっ……！

あの日、右目は完全に覚醒した。だがそれ以来、ヴァイスは変わった。未来から逃げようとしたことが、逆に未来を決めたのだ。どのみち、未来は変えられない。ならば、その日をおもしろく過ごせれば、あとはなるようになればいいと……。

だが。

（——お答えいただけないのでしたら、兵をひき、お帰り願えませんでしょうか）

初めて会った日、失神寸前に緊張しながら、それでも、ヴァイスに正面から「帰れ」と言ったエルフィーナ。からかわれて正直に怒る姫の顔、あなたは間違っていると泣いた姫の顔、抱かれるときの、恥じらいながらも悦《よろこ》びを隠せない姫の顔。

そうだ、姫ならもう一人いるな。さすがにあれ《アン》は、親父に目をつけられることはないと思うが……そのぶん、おれが目をかけたという理由だけで、あてつけに殺される可能性もある。

ヴァイスは礼拝堂の祭壇を見上げた。

クオン王子。おれは、行動するべきだと思うか？　圧倒的に力の差がある相手に対し、それでも、おれは——。

礼拝堂の鐘が鳴った。ふと、右目が熱く異変の予感を訴える。

「っ！」

次の瞬間、右目は赤い場面に敵を描いた。そこか！　ヴァイスは祭壇に向けて剣を抜く。

同時に、祭壇は爆発したように砕け散り、ずっと潜んでいたらしい暗殺者が数人、ヴァイスめがけて斬《き》りかかってきた。

「こんな場所にまで、いまいましい奴等《やつら》め」

ヴァイスは右目を光らせながら、次々と刺客を斬り倒した。

「殿下！　こ、これはっ！」

外で控えていたナスタースたち黒騎士団が物音で駆け込み、場は壮絶な斬り合いとなった。祈りを捧げるべき場所が、赤い血でたちまち汚れていく。舌打ちして、ヴァイスが一瞬剣を振るのをためらったそのとき、肩に鋭く深い痛みが走った。

「くっ！」

吹き矢……毒、か……？　フン、こんなものでは、おれは、死なない……。

だが、視界は急速に暗くなり、一瞬後、ヴァイスは意識を失って倒れた。


「殿下、殿下あっ！」

「触らないで！　動かさずに運んで！」

突然、城が騒がしくなった。なんだろう？　王が来るには、もう少し日にちがあるはずだけれど……。

「ああっ！　姫さま、どうしましょう姫さまっ！」

エルフィーナが自室から廊下へ出るとすぐ、泣き顔のアンが走ってきた。

「殿下が、ヴァイスアード様が襲われて……毒にやられて、気を失って」

「なんですって……」

「いま、お医者様がいらしてます。誰も、殿下に会うことができません。わたしは、殿下付きのメイドだから、お世話させてくださいって言ったんですがダメでした」

どうしましょう、どうしましょうと、アンは子供のように泣きながら、エルフィーナの胸にすがってきた。エルフィーナは、反射的にアンを抱いたものの、もちろんどうすればいいかなどわからない。

「敵は、王子のこの日の予定を知って、あらかじめ祭壇の中に潜んでいたようです」

「だが、滅多な者は城の中には侵入できない。内部で手を引いた者がいるのか……」

大臣たちが交わす会話も、右から左へ通り抜けてしまった。

「ナスタース！　てめえが警護していながらなんだ！　王子にもしものことがあったら、おれは、てめえをぶち殺すからな！」

ひときわ騒がしい声がして、ハーデンが、黒騎士を殴りつけていた。

「ハーデンひとりには殺させないよ。まずボクが、このレイピアで串刺《くしざ》しにしてやる」

静かだが、ラッセの声も怒りでわなわなと震えていた。

「もとより、お前たちの手を借りるつもりはない」

殴られた頬をそのままに、ナスタースはじっと一点を見つめている。

「われら黒騎士団は、先のカルディアス王を慕う一門ゆえに、バンディオス王に疎まれた者の集まりだ。厄介者だと、王から殿下に押しつけられたわれわれを、殿下は、快く迎えてくださった……以来、黒騎士団は、ヴァルドランドの国ではなく、ヴァイスアード殿下おひとりに忠誠を誓ってきた。生きるも散るも、つねに殿下とともに、と」

それが、この不覚……と言ったきり、ナスタースはもう続かなかった。

「――けっ……騎士ってやつは、どうしてこう大仰に言いたがるかね」

わざと冷たく突き放すように、ハーデンが吐き出す。

「勝手にしやがれ。行くぞ、ラッセ、メシだメシだ！」

「キミ、こんなときによく食事なんてする気になるね」

「こんなときだからこそ食うんだろうが。腹が減ってちゃ戦ができぬ、頭の中もまとまらねえ。食って心を落ち着けて、八つ当たりより他に、おれらに出来ることを考えるんだ」

「……キミにしては気の利いたことを言ったね。わかった、行こう」

ひとこと多いんだよ、とハーデンはラッセを小突き、ふたりは廊下の向こうへ消えた。

日頃《ひごろ》は3人一組なのに、ズゥだけは、なぜかその場にいなかった。ナスタースは、しばらくそこに立っていたが、やがてくるりときびすを返した。

「どちらへ？」

すれ違いざま、エルフィーナが尋ねると、ナスタースは丁寧に一礼した。

「礼拝堂へ。血の汚れを懺悔《ざんげ》し、殿下の無事を祈ります。私にいまできることは、それだけだ」

そして、廊下にはエルフィーナとアンだけが残った。アンはまだ、エルフィーナにしがみついたまま、不安そうな上目づかいでエルフィーナを見上げた。

「姫さま……わたしたちも、お祈りしたほうがいいでしょうか」

「……したければ、あなたひとりで祈りなさい」

抑揚のない調子で言うと、エルフィーナはアンを引き離した。

「姫さま？」

「わたくしには、わたくしのすることがあります」

「姫さま……待ってください、姫さまっ……」

半泣きのアンを置き去りにして、エルフィーナは、ひとり自分の部屋に帰った。

アンに同調しなかったのは、嫉妬からではない。

もう、自分から何かを望んだり、祈ったりするのが面倒になったからだ。

わたくしは、本当に疲れてしまった……いまはただ、ヴァイス王子よりも先に、楽になりたい……。

「何をするつもりなの。エルフィーナ姫」

窓を開け、ふらふらとテラスに出たところで、聞き覚えのない声に呼び止められた。

振り向くと、短い黒髪に切れ長の目をした、すらりとした女性が立っている。

「あなたは……誰？」

「私は、影。ヴァイスアード殿下の影として、殿下のために働く女」

「……」

「これまでの、あなたと殿下と……もう一人の男のことは、ずっと陰から見てきたわ」

「もう一人の男？」

「わかっているでしょう」

心当たりはなくもないが、エルフィーナはとくに口には出さなかった。

「ところで、何をするつもり？　まさか、殿下の状態も定まらないうちから、あとを追って身投げでもする気なの」

「……あとを追って、ではありませんが」

城の建つ岬は湖に突き出た崖《がけ》に近い。テラスは高く、眼下のエルイン湖は深い。

「ではどうして？」

「それは……」

――わたくしは、国を侵され、両親を亡くし、純潔も奪われてしまいました。その上、バンディオス王が来れば街は破壊され、終わりだと知らされ……平和を願うことを笑われ、大事な婚約者との思い出も、つまらないもののように言われました。

こんなに辛《つら》いことばかりなら、いっそ心など捨てれば良いと、ヴァイス王子に奉仕して、王子の望むままに身体を与えることだけを、生きている意味にしようとしました。

「けれど……それさえも、いつあっけなく終わるかわからないのだと知らされて……わたくしはもう、生きる支えを探し続けることに、疲れたのです」

引っ込み思案のはずの自分が、初めて会ったこの女性に、こんなに素直に話せるのが不思議だった。もう、最後だから、誰かに思いを告白しておきたいのかもしれない。

「ふうーん」

しかし女性は、エルフィーナの話を、つまらなそうに鼻で一蹴《いっしゅう》した。

「だから死ぬって？　あなた本気で、自分には、何も残ってないと思ってるの？」

「何が残っているというのです」

「見なさいよ」

女性は、外の景色を指さした。森と、湖と、湖畔の街並み。行き交う人や馬が、小さく見える。おそらくいまも、街では「奉仕」が行われているのだろうが……。

「私は、影の役目としてあの街へ出て、人々の暮らしにじかに触れたわ。フィールの女たちは、たしかに辛い思いをしていたけれど、まだ、絶望してはいなかった。それは、あなたが生きているからよ。エルフィーナ姫」

――フィールには、まだエルフィーナ様がいる。エルフィーナ様がおられるかぎり、きっといつかは、夫や男たちも戻ってきて、フィールが再興される日が来る。

「街で何度も、その言葉を聞いたわ。フィール王家が、人々に慕われてきた証拠ね」

「でも……わたくしには、民に恨まれることはあっても、応《こた》えるような力は何も……」

「なぜそう決めるの？　あなたは、まだ何もしていないのに」

「……」

「たしかに、あなたは辛かったと思う。だけど、私が見たかぎり、結局あなたは、泣いたり、ふさぎ込んだり、自棄《やけ》になったりしただけで、なんの抵抗もしていない……一度も、本気で戦おうとしなかったわ。ただずっと、何かに頼ろうとしていただけ。違う？」

「そ、それは……」

「私は、あなたはたとえ力がなくても、誰も助けてくれなくても、戦わなければいけないと思う。だって、あなたはフィールの公女なんだもの。あなたに流れる王家の血が、あなたの民を守って戦うことを、命じるはずよ」

「王家の……血……」

フィール公国の公女……ああ……わたくしは……。

「そうよ。そしてそれは、ヴァイス王子の中にも流れている血……」

影の女は、ふと目を伏せた。ヴァイスの名を口にするだけで、彼女が、深く王子を愛していることが、エルフィーナにも伝わってきた。

パタパタパタ、と廊下を近づいてくる足音がした。

「じゃあね、エルフィーナ姫。あなたの、勝利を祈ってる。私も、最後まで王子の影として、王子に命を捧げるわ」

信じられないほど敏捷《びんしょう》な動きで、影の女はテラスづたいに跳んで姿を消した。入れ替わりに、まだ泣き顔のアンが飛び込んできた。

「姫さま！　ヴァイスアード様が、目を覚ましました！　もう大丈夫だそうです……！」

よかった、よかったとしゃくりあげるアン。エルフィーナは、そっとアンの腰を抱き、その手をとって尋ねてみた。

「アン……ヴァイスアード殿下が好き？」

「えっ⁉……そ、そんな、そんな恐れ多いこと」

「うふふ、顔が赤いわよ。ではもうひとつ——わたくしと、ヴァイスアード殿下と、どちらが好き？」

アンはますます赤くなり、それでもまじめな顔をして、考え考え返事をした。

「それは……ヴァイスアード様は、その……怖いけど、怖いのとは、違う意味で、どきどきしてしまうこともあります。でも……姫さまは、わたしの命より大切な方です。前にわたしが『命にかえても姫さまをお守りします』と言った気持ちは、いまも、ずっと変わっていません」

「アン」

エルフィーナは、胸にこみあげる熱いものに声を震わせた。

「――どうして？　どうして、そこまでわたくしを……」

「だって、姫さまはすごくきれいで、お優しくて……フィールの誇りのお姫様だって、死んだおばあちゃんも言ってましたから」

エルフィーナはそっと目を閉じた。涙が睫毛《まつげ》を濡らして落ちた。姫さま？と戸惑い顔のアンをもう一度抱き、静かにその頬にくちづけた。

「ありがとう」


2日後、ヴァイスは会議の間に一同を集め、やや血の気のない顔で現れた。

「悪いな。ちょっと寝過ごした」

だが、人をくった物言いは相変わらずで、目つきも仕草も、いつものヴァイスと変わりない。一同は、ほっと胸を撫で下ろす顔をする。

「まったく、あまり勝手はするなという、神のお叱《しか》りかもしれませんな」

ルージアはヴァイスを睨《にら》んでいるが、この場に出席した者は皆、ルージアが、王子が毒に倒れたと聞いてから助かったと知るまで、枯れるほど泣いていたことを知っていた。

「ふ……だがルージア、おれはまた、神とやらに叱られそうなことを考えているぞ」

一同が、沈黙してヴァイスに視線を集めた。ヴァイスは、とっておきの悪戯《いたずら》を思いついて口にする子供のように、目を輝かせてクスクス笑った。

「おれは、親父に石を投げることにした」

——？

全員が、眉を寄せ顔を見合わせる。

「ヴァルドランドの第一王子、ヴァイスアード・アル・バーシルは、父王、バンディオスに反旗を翻すことに決めた」

——。

全員が、雷に打たれたように硬直し、口を開いたまま言葉をなくした。

末席で、エルフィーナもじっと動かずに、ヴァイスの言葉を噛みしめていた。

第七章　決戦と約束

フィールを遠く見下ろす小高い丘に、バンディオスは夜営を組んでいた。

日が落ちたあとも、陣営は忙しく動いている。武器を磨く者、伝令として走り回る者、食事を作る者。

天幕の数はゆうに二百を超えている。強大なヴァルドランド軍の中でも精鋭中の精鋭虹騎士団、第一級の兵士を集めた朱赤《あか》騎士団。他、選りすぐりの兵を集めたこの陣容は、とても、すでに陥落済みの国へ入るためのものとは思えなかった。

いまとなっては、王がこれだけの兵を集めて国を出たのも、明日の事態を無意識に予測していたからかもしれない。

フィールの現統治者、ヴァイスアード王子が、父王に反旗を翻した。

むろん、その報《しら》せはすでにバンディオスの耳にも届いていた。

「クッ……どうするつもりかのう、あやつは……のう、マーナ？」

陣営でも、ひときわ豪奢《ごうしゃ》な天幕の中で、王が、王妃に問いかけた。

「……んうッ……ンン……」

だが、床に跪《ひざまず》いて王のものを口いっぱいに含まされているマーナには、問いに答えることはできない。城を出てから、眠るときと物を食べるときのほか、マーナはずっと王のものを口に含まされ続け、何度となく精液を飲み込まされ、汚れたときは舌で掃除をさせられていた。

第七章　決戦と約束

陛下《へいか》、と天幕の外で呼ぶ声がする。

「大臣の方々がお着きです」

「フィラン城を抜けてきた連中か。よし、通せ」

王はようやくマーナを奉仕から解放し、服を戻して座り直した。コホコホと、マーナは何度もむせながら、天幕の隅に隠れるように控える。

扉代わりの布を持ち上げ、バディゼと、数人の大臣が入ってきた。

「陛下、お久しゅうございます」

突き出した腹の肉が重なるほどに身体《からだ》を曲げ、バディゼはうやうやしく頭を下げた。次いで礼をする者たちの中に、バンディオスは、ルージアの姿を見つけた。

「ほう、ルージア。貴様は、ヴァイスのもとへ残ると思っていたが」

「……私は、国を思う臣として当然の行動をとったまでですじゃ」

「まったくですな。陛下に対し反逆など、聞くのも恐ろしい言葉です。あの王子も、私どもの前で言い放ったときは、小憎らしいほど平然としておりましたが、いまごろは、ほんの少しでも知恵があるなら、おのれの愚かな行いに、身も心も震えておりましょう」

「……どうだかの」

バディゼは熱弁をふるったが、バンディオスは、椅子《いす》の背にもたれて宙を見た。

「おお、そうですな。思い上がって、完全に我を失っているやもしれませぬ。あの王子には、前から怪しいところがあると、このバディィゼ、睨《にら》んでおりました。先手をうつ必要もあるかと思い、幾度かは、試みたのですが――」

「王子に刺客を放ったのは、貴公の仕業だったのか」

ルージアが、バディィゼをじっと見た。

「仕業など……先見の明とおっしゃっていただきたい。心ならずも討ち果たせず、こうして陛下のお手をわずらわせますことは、残念至極でございますが」

「もうよい」

バンディオスは無表情のまま、バディィゼの饒舌《じょうぜつ》をさえぎった。バディィゼがまだ何か言いたげに控えると、今度は、ルージアが杖《つえ》をつきながら、静かに一歩前に出る。

「……私、じつは殿下より、陛下にご伝言を言付かっております」

「あやつは、なんと申しておった」

「はい。『フィラン城の玉座にて待つ』と」

ほう……と、王の目に、初めて凶悪な光がともる。そして、目にした者の背中が震えるような、残酷な笑み。

「それから、もうひとつ」

声をひそめ、ルージアが王に近づいた。と思いきや、老人とは思えぬ素早い動きで、杖の中から仕込み刀を抜き放った。

「お命、ちょうだいつかまつる!」

刃を構え、身体ごと、王に向かって突進する。が、王はそれより一瞬速く、傍《かたわ》らできょとんとしているバディゼの身体を前に引き寄せ、ルージアの剣の盾にした。果たして、老大臣の渾身《こんしん》の剣は、バディゼの突き出した腹の肉に、重い手応《てごた》えとともにめりこんだ。

「へ、陛下……な、ぜ……」

片眼鏡《かためがね》の奥の細い目を見開き、バディゼは声をつまらせる。

「臣は、王のために存在する……そうであろう?」

笑いを浮かべ、すぐ不機嫌に唇を歪《ゆが》めて、王は続けた。

「――だが、ひとつだけ言っておく。このワシの、王の息子は、貴様ごとき臣には殺すことはできぬ……それこそが、おのれを知らぬ思い上がりじゃ」

「……」

バディゼはもう声もない。ルージアは、し損じたことに歯がみして、バディゼの身体から剣を引き抜く。だが、その動きを待っていたかのような王の剣が、ぶるんと風を切って振り下ろされる。バディゼと二枚重ねのように、肩から胴を斬《き》り払われ、ルージアは、血を吹いてどっと床に転がった。

「ま……」

まさか、とルージアはつぶやいた。王族の証《あかし》である紅《あか》い右目は、力に目覚めないかぎり、光らないことは知っていた。そして、ヴァルドランド王家に仕えて数十年、ルージアは、バンディオス王の目が光るのを、見たこともなければ話に聞いたこともなかった。だが、いまの動きは――まさか、王は……。

だが、その先を口にすることなく、ルージアは、おのれの流した血の海に沈んだ。白髭《しろひげ》の奥の唇が、最期に「殿下」と呟《つぶや》くのを、誰《だれ》か見た者があっただろうか。ずっと片隅で震えていたマーナは、あるいは、目にしたかもしれない。


とうとう、明日、バンディオス王がやって来る。

夜が明ければ、命を懸けた戦いが始まる。

エルフィーナは、何度もベッドで寝返りをうった。大丈夫だろうか……わたくしは、みんなの足手まといにならないだろうか。


――まず、普通に戦って勝ち目はない。

王に反旗を翻すことを宣言し、同意しない者――主に本国から来た大臣たち――が出て行ったあと、腹心の者だけを前にして、ヴァイスは、きっぱりとそう言った。

「一対一なら、おれたちは、ヤツの虹騎士団にも負けぬ」

ハーデン、ラッセ、ズゥ。ナスタース率いる黒騎士団。そして、無言で城に残ることを選んだクオン。ひとりひとりを、ヴァイスは見渡す。

「だが、いかんせん数が違いすぎる。そこでおれは……親父《おやじ》を、この城へおびき出し、ここを決戦の場にしようと思う」

「おびき出す？」

うなずいて、ヴァイスは街の地図を広げた。

――主な戦場は、フィランの街を出た平原だ。そこから、おれたちは少しずつ、戦っては引き、戦っては引きを繰り返し、この城へ、王の軍勢を引き寄せる。城は岬の先端にあるから、奴等《やつら》が近づけば近づくほど、戦場は狭まり、大軍は縦に連なって、一度に対峙《たいじ》する数は少なくなる。つまり、数の不利がだいぶ解消できる。そして、ここで互角の戦いが長引けば、王は必ず、先頭に立って城へ入ってくる。

「本当に来るのか？」

「来る。ルージアが、おれからの伝言を届けるはずだ」

ヴァイスは神妙な顔をする。あえて、バディゼたちとともに城を去ることを選んだルージアだったが、すでに命を捨てる覚悟をしていると、ヴァイスにはわかっていたらしい。

「――ルージアの心は、無駄にはしない。それに、同じ血を持つおれにはわかる。ヤツは、先頭をきっておれを殺すため、聖剣ワーディーラアをたずさえて、必ず来る」

「聖剣……」

寡黙なクオンが、ふとつぶやいた。

「そう。ワーディーラアは、ヴァルドランドに伝わる宝剣だ。本来は、対になるもうひとつの剣、ウォーラーランがあるんだが……10年前にカルディアス王がそれを持参してクオン王子とともに事故にあい、いまは王家の手もとにはない」

クオンはそれ以上は訊《き》かなかった。さて、とヴァイスは話を続けた。

「問題は、そのあとだ。狭い城内ならチャンスも多いが、この先、おれたちに逃げ道はない。うまくヤツを仕留めることができればいいが、持久戦に持ち込まれると厄介だ」

「失礼ですが、殿下の右目のお力をもってても、難しいのですか？　噂《うわさ》では、同じ紅でもバンディオス陛下の右目には、殿下のような力はないと言われていますが」

「おれも、ヤツの右目が光ったのを見たことはない。が、そうでなくてもヤツは相当の使い手だ。それに――――おれの右目は、いまだにおれが勝つ未来を見せてはくれぬ」

「……」

「だが逆に、負ける未来も見ていない。この作戦に勝機はあるのだ。あとは、どうやってそれを掴《つか》むか……いっそ、この城ごと根こそぎ、ぶっ飛ばす方法でもあればいいんだが」

「おいおい。おれは、あれだけ大見得きったんだから、王子には何か秘策があるんだろうと、少しは期待してたんだぜ？　ずいぶん行き当たりばったりだな」

ハーデンが、なぜか嬉《うれ》しそうに文句を言った。

「ハハハ。おれが、行き当たりばったり以外で物事を決めたことがあったか？　だいたいが、この戦からして思いつきの親子喧嘩《げんか》みたいなものだしな」

「でも……その先にあるのは、国の未来ではありませんか？」

エルフィーナは、やっとそこで口を開いた。

「王に勝利することができれば、恐怖による支配から逃れ、新しい国を作り出せる……だからこそ、こうしてあなたに賛同する者が、ここに残っているのでは」

「どうかな。こいつらは、ただの物好きかもしれないぜ？」

ヴァイスがつっこみ、一同が笑い、エルフィーナは顔を熱くした。

「生意気なことを言ってすみません……それで、あの……お城ごと、とおっしゃったことに、わたくし、心当たりがあるのですが――」

「本当か？」

エルフィーナはうなずき、それを説明した。だが、話すにつれて、皆は不安そうな顔を見合わせた。

「しかし、それではあなた様の身が危険です」

ナスタースが真っ先に反対を唱え、皆の目も彼に同調した。が、エルフィーナは首を横に振る。

「みなさまのように、剣を持てないわたくしが、戦えるのはこの方法だけです。お願いです。わたくしに、この役目をさせてください」

「……本当にいいのか。エルフィーナ」

はい、とエルフィーナはきっぱりとうなずいた。内心は、不安と恐怖でいっぱいだったが、もう逃げないと、エルフィーナは自分に誓っていた。

ヴァイスは何度か止めろと言ったが、エルフィーナは聞こうとしなかった。最後には、ヴァイスも怒った顔のまま苦笑した。

「だがどうする？　エルフィーナの言うとおりにするとして、互いにそのきっかけをどう知らせる？　一歩間違えば、親父を倒せないどころか、無駄死にだ」

「……聖剣がある」

クオンが、またぽつりと会話に加わった。

「ワーディーラアとウォーラーランは、近くにあれば、互いに共鳴して響く。バンディオス王がワーディーラアを抜いたとき、ウォーラーランが震えたら合図だ」

「クオン……なぜ知ってる？」

「……」

「だが、どのみち、ウォーラーランはここにはないと――」

「ある」

第七章　決戦と約束

決戦の朝までに用意する、と、クオンは皆に約束した。

あの会議で、誰も口にしなかったことがひとつあった。

バンディオス王をおびき寄せ、城を根こそぎ、崩壊させる。だが、そのとき城の中にいるのは、王一人ではないはずだ。自分も、ヴァイスも、クオンも、ハーデンたちも……みんな、王と同じ運命を辿ることになる。

それだけの犠牲を払っても、王を倒せば、勝利なのだ。わたくしは、やらなければならない。ああ、でも……。

ベッドの中で、エルフィーナの身体は小刻みに震えた。そのとき、誰かが寝室の扉を開けた。


ハーデン、ラッセ、ズゥの三人は、夜の見張り台で乾杯していた。

「かあー！　うめえ！　おいズゥ、今夜ばかりはお前も飲め！　とにかく飲め！」

すでにできあがっているハーデンが押しつけた杯を、ズゥは無言のまま受け取った。顔を覆っている仮面の口にそれをあてがうと、器用に中へ流し込んだ。

「よう！　なかなかにいい飲みっぷりじゃねえか！　おれ様も負けてらんねえな」

「キミ、そんなに飲んで、明日は大丈夫なのかい？」

ラッセもほんのり赤い顔をしている。

「あたりめーよ。最後の酒になるかもしれねえんだから、けちけちすんない」

「そんな、まだ死ぬって決まったわけじゃないよ」

ズゥは、そんな二人のやりとりを聞いているのかいないのか、仮面の顔で月を見上げた。

「ところで、クオンのヤツはどうしたんだ？」

「さっき、用事があるって出ていったけど」

「まさか、逃げたんじゃあるまいな……うっ」

不安そうに言うハーデンの肩を、ズゥが掴んだ。顔をしかめ、ハーデンがズゥを振り返ると、ズゥは、やはり無言で首を横に振る。

「ああ……そうだな。あいつは来るな。皆と、約束したんだからな」

とりあえず、あいつのぶんも飲んでおくか、と、ハーデンはグラスをあおる。

「お前たち、こんなときまで飲んでいるのか。呆《あき》れたな」

そこへ、ナスタースが顔を出した。

「いいとこへ来た。どうだ、おめーも一杯やらねえか？　おれらは傭兵《ようへい》、おめーはちゃんとした騎士様だが、明日は、同じ運命の仲じゃねえか」

「……そうだな」

ナスタースは微笑して、杯を受け取った。四人は、もう一度乾杯した。


クオンはひとり、フィラン郊外の墓地にいた。

月明かりに照らされて並ぶ、白い墓標の群れ。その中の、まだ新しいひとつの前に、クオンはじっとたたずんでいる。もの言わぬ墓の主と語り合っているように。

だがやがて、クオンは剣を振りかぶり、その墓前にざくりと突き立てた。

「フェリア……ごめん」

呟いて、剣で墓の土を掘り返す。何度も、何度も……やがて、剣先がカツンと止まった。棺桶《かんおけ》ほどの深さではない。だが、それがクオンの求めているものだ。土をかきわけ、細長い箱を取り出して、箱の中身を確かめる。丁寧に包まれた油紙をほどくと、中から、銀色に光る『それ』が出てきた。

「もう二度と、見ることはないと思っていたんだが……」

月にかざすと『それ』はキラリと鋭い光を放った。クオンはわずかに目を細くする。

と——ふいにクオンは、包帯に覆われた右目の部分を手で押さえた。片手に『それ』を掴んだまま、クオンは、その場に膝《ひざ》をつく。

「なんだ……いまの、は……」

クオンは、そこが放つ熱を押さえようとするかのように、じっと右目に手をあてた。

ヴァイスが、アンを連れてエルフィーナの部屋へ入ってきた。アンは、いつもの乳房を出したメイド服を着て、そわそわと、落ち着かない様子であたりを見ている。

「起きていたな」

「さて。お前に『奉仕』してもらうのも、今夜が最後だ」

ヴァイスは図々しくベッドに腰かけて、エルフィーナを見上げてニヤリと笑った。

「……こんな夜に、何を考えているのですか」

「おもしろいことだ」

ヴァイスはアンを手招きして、自分の膝に座らせる。

「見ろ」

「……あっ！　いやっ！」

ヴァイスはアンの後ろから膝を抱えて、エルフィーナに向けて脚を開かせた。

「ああ……」

アンはスカートの下に何もつけていなかった。いきなり丸見えになったその部分は、すでに何度か達してしまったあとのようにグチョグチョに柔らかく濡れていた。しかもなお、快楽を欲しがっているかのように、ヒクヒクと震え、襞《ひだ》の厚みのわりに大きなクリトリスは、赤く勃起《ぼっき》したままだった。

「あう……姫さま、ごめんなさいっ……」

自分が仕える姫のベッドで、欲情しているところを開いているのが恥ずかしいのか、アンは、顔を真っ赤にして詫《わ》びた。

「少し、クスリを使ってやった。お前のところへ連れていくと言ったら、ずいぶん緊張していたからな」

ヴァイスは飼い犬をあやすようにアンの髪を撫《な》で、クリトリスを指で押してやる。するとアンは、いやいやと首を振りながらも目を潤ませ、開いたあの部分から蜜《みつ》を垂れ流し、お尻をモジモジ揺すってあえいだ。

「どうだ？　エルフィーナ、興奮してくるだろう。なんだかんだ言ってお前の身体は、こういうことが大好きになるよう、おれが調教してあるからな」

「そんな」

「もう乳が張って、マ×コが濡れてるんじゃないか？　それとも、鍵穴《かぎあな》から覗《のぞ》くほうがお前の趣味か」

「し……っ……」

知られていた。エルフィーナは、泣いてその場を逃げ出したくなった。が、ニヤニヤ笑うヴァイスの色の違う目にじっと見られてしまうと、身体が覚えたあの感覚が、お腹や、乳房の奥のほうから、じわじわと、全身に広がっていくのを抑えられない。

「脱いで見せろ」

命じられると、逆らえなかった。エルフィーナは、白いガウンを脱いで、乳房を晒《さら》し、裸でヴァイスの前に立った。下着を外すと、やはりもう、中心が縦に湿っていた。

「ベッドの上に横になれ」

「……はい……」

そして、横たわるエルフィーナの隣に、ヴァイスはアンを並んで寝かせた。

「ふうん。違うもんだな、こうして改めてじっくり見ると」

感心したように、アンの小さな乳房とエルフィーナの豊かな乳房を見比べる。膝を開いて、自分の指で広げてあそこを見せろと言われ、エルフィーナとアンは、同時に同じポーズを取った。ヴァイスは、それぞれに顔を近づけて、二人のそこの形や色の違いを、じっくりと比較、観察した。

「よし、二人ともすっかり淫乱《いんらん》になっているな。どっちのマ×コも、ヒクヒクしながら垂れ流してるぞ。汁で、シーツがベショベショだ」

「う……姫さま、濡らしてすみません……」

「フッ。そうだ、姫のシーツを汚すメイドを、姫がお仕置きしてやるとするか。よし、エルフィーナ、お前はアンの上になって、顔の上にまたがってやれ」

そして細かく、エルフィーナに、ああ言え、こうしろと命令した。それはとてもいやらしいことだったが、聞いているうち、エルフィーナの身体は好奇心にうずいた。

「おれはここでとりあえず見てやるからな。上手《うま》くやったら、褒美として、おれのものをお前にしゃぶらせてやる」

コクン、とエルフィーナはうなずいた。しゃぶるだけでなく、入れてほしいと、早くもねだってくる身体の熱をもてあましながら、アンにまたがり、アンの顔にお尻を押しつけて、割れ目を鼻で擦《こす》って刺激しながら前後に動いた。

「んんっ……むむっ……」

「ダメよアン、ちゃんと舐《な》めなさい。あなたの仕事は、わたくしの、オ……オマ×コを気持ち良くすることよ」

口に出すのは恥ずかしかったが、言ってしまうと、あそこが興奮して蜜を吐いた。アンの舌が、それを掃除するように、おずおずと、割れ目の中心に当てられる。舌先が、深くなったり浅くなったりしながらエルフィーナの襞を何度もなぞり、クリトリスを見つけて絡みついてきた。

「ん、ふ……あッ……」

乳首を吸うような吸い方で、微妙に力を入れてクリトリスをしゃぶられ、ときどき唇で挟まれると、安心するような気持ち良さがある。アンはもちろん、同性のここに奉仕をするのは初めてだろうが、自分と同じ身体なので、何が感じるかがわかるのだろう。舐められながら、何度もエルフィーナはかるく達した。そのたびに、プシャプシャと吐き出した蜜を、アンは、丁寧に舐め取ってくれた。

「アン……ご褒美に、あなたのオマ×コにもいいものをあげるわ」

エルフィーナはいっそずっと舐めていてほしかったが、ヴァイスに命じられたことを思い出し、アンにまたがったまま上半身を倒して、枕《まくら》の下から張り型を取り出した。

「これを入れると、とても気持ちがよくなるのよ。わたくしも、いつも、これで……オナニーをしているの」

アンの入口を指で広げた。前にも一度見たことがあるけれど、こうして間近で眺めると、女のここは、本当にいやらしい形をしている。ここをいじると、すぐにパックリ割れて開いて、中をかき回してもらいたくなって……。

「う、んッ……？　姫さ、ま……ん、ああっ……！」

「ああ、入っていく。アンの中に、いやらしい張り型が入っていくわ」

うふふ、と笑いながら、エルフィーナは、それを動かしてみた。すると、ピクン、と肉襞が震えて、やや内向きにギュッと縮んだ。出し入れすると、中から溢《あふ》れている蜜が、張り型の根もとまでよく絡んで、どんどん滑りがよくなってくる。

「んあ……はあっ……姫さま……ああっ！」

「いやらしいわねアン、お尻の穴までこんなにしてる」

指先でそこをつついてみた。驚いたように、アヌスがしぼむ。愉快だった。こんなふうに、他人の恥ずかしいところを玩具《おもちゃ》にして、快楽を与えてやるということが、こんなにおもしろいとは思わなかった。

「あう、はあっ……ん、ううっ……」

膝を震わせ、アンのそこがだんだん頂点に向かっていくのだとわかると、エルフィーナは、自分のあそこにも、舌だけでなく太いものを入れたくなった。アンの顔に、股間《こかん》を押しつけたり離したりして、エルフィーナは、ムズムズと上下にお尻を振った。

「エルフィーナ。お前もそろそろ欲しくなったのか？」

ヴァイスがそれに気づいたらしく、お尻の山に手を置いた。ああ、とエルフィーナは息を吐き、お尻を高くしたままそれをねだった。

「はい……男の方の、あれが、欲しいんです。開いてい

るところに、お願いします」

「フン、まあまあの誘い方だな」

パチン、とヴァイスはエルフィーナの尻を叩《たた》いた。

「アンのほうも、ちゃんと面倒を見てやれよ」

「わかりました……っ……あ……あぁっ……！」

「どうだ？　どんな感じがするか、言ってみろ」

「あうっ……はい、ああ……あなたの、熱くて……固い、ものが……んッ……オマ×コの中を、擦っています……絡みつくみたいで……すごく、いい、いい、いいっ」

ヴァイスが突き上げる動きにあわせ、エルフィーナは、アンのそこも張り型で刺激してやった。中から蜜はどんどん溢れて、敷布の染みを広げていった。乳房が揺れて、乳首の先が、アンの肌に擦れて気持ちよかった。

「いいぞ、感じてるな、エルフィーナ」

「はい……感じています、気持ちいいです……」

「楽しめよ。最後の夜なんだ」

「最後」

エルフィーナがその言葉を繰り返すと、同じ言葉に反応したのか、アンのあそこが、キュッと収縮した。

「心残りの、ないようにな」

ヴァイスが、ひときわ深く突いてきた。はあッと、エルフィーナも深く受け止める。

ずっと、こうしていられたらいいのに……。

アンのあたたかい肌を抱きながら、逞《たくま》しいヴァイスのもので貫かれ、うっとりと目を閉じたエルフィーナの目から、ひとすじだけ、涙がこぼれ落ちた。


「うっ……ん、あうっ……ああ……はあああっ！」

あ……と、マーナは、目を開いたまま、バンディオスの精液を体内で受け止めた。

「くう、出る、出る。お前の腹から溢れるほど、大量の精液が出てきよるわ」

バンディオスは、マーナを大きく開脚させて、肉襞と自分のものの隙間《すきま》から、ぷちゅぷちゅと零《こぼ》れてくる白い液体を見ていた。人を、それも直前まで話をしていた家臣を斬った興奮を、そのまま性欲として発散し、マーナの肉体にぶつけていた。

「ふうっ」

出し終えると、バンディオスは一瞬の虚脱に顔を緩めて、マーナの中からそれを抜き出し、使い終わった玩具のように、裸のマーナを床に転がす。それは、この王と王妃にとっては、普通の終わり方だった。

「明日の夜は、ヴァイスアードの血に濡れた手で、お前の身体を楽しんでやるぞ」

「……」

マーナは、頬《ほお》にかかる黒髪の間から王を睨んだ。

「なぜです……なぜ陛下は、そんなにも、ご自分の息子を憎むのですか?」

淡い青の目に、涙が浮いた。

「ヴァイスから、彼の愛する――彼を愛する人をすべて奪い、反旗を翻せと誘うかのように、友好国への侵攻を命じ……そしていま、待ちかまえていたように、大軍で彼を討とうとする。なぜ、そこまでして……」

「フン」

バンディオスは、答えずにマーナに背を向ける。マーナは声を殺して泣き続けた。ひとり、胸の中だけで王は呟く。

あやつは、ワシに似すぎておる。ゆえに、危険な芽は早いうちに潰《つぶ》さねばならぬ。


城の裏門で、エルフィーナは、アンと別れを惜しんでいた。

「あの峠を越えれば逃げられます。大丈夫よ、黒騎士団の方が、安全な街まであなたを守ってくれますからね」

「はい」

「途中で転んでも泣くんじゃないぞ」

ヴァイスは、門の柱によりかかり、少し離れて声をかける。

「子供じゃないんだから、泣きませんっ！」

「便所は行ったか？　途中でまた小便漏らして騎士に迷惑をかけるなよ」

「うう……『また』はひどいですっ」

アンは拗《す》ねて顔を赤くした。馬車をひく馬が、かるくいななく。エルフィーナは、アンの背中をかるく押した。

「さあアン。夜が明けないうちに行きなさい」

「姫さま……」

アンの目に見る見る大粒の涙が浮かぶ。

「いままで、本当にありがとうございました。姫さまの侍女になれて、幸せでした」

ぴょこんと、エルフィーナに頭をさげて、それから遠くのヴァイスを見た。

「殿下、姫さまをどうか守ってあげてください」

アンは、明日のヴァイスたちの作戦を知らない。ヴァイスは、黙って片頬で笑った。

「それと……ほんの少しでも、お姫様の気持ちになれて、嬉しかったです」

もう一度、丁寧におじぎして、アンは騎士とともに用意された馬車に乗る。ピシ、とムチの音がして、馬車はゆっくり走り始めた。

「姫さま……いつか必ず、もう一度お目にかかります……必ず……！」

　アンは何度も振り返り、泣きながら城を去っていった。エルフィーナは、そっと目頭を拭《ぬぐ》いながら、ヴァイスとともに城へ入った。

　夜明けは、もうすぐそこに近づいていた。


「出陣！」

　朝日を浴びて、バンディオスの軍勢が動き出した。

　バンディオスは、黒い愛馬にまたがって指揮をとる。

　後方で、目立たない馬車に揺られながら、マーナは目を閉じて祈っていた。


　低くうなる波のような大軍が、いっせいにフィールめがけてやってくるのを、ヴァイスは、城の見張り台から遠眼鏡で見ていた。

「――さあ。やるか」

　マントを返し、皆の待つ広間へ向かう。ふいに、目の前に赤い光景が見えた。

剣を手に、ヴァイスにまっすぐに向かってくる男。

これは……以前にも見た、あの場面と同じだ。だが、いま見ている光景の中の男は、ヴァイスと同じく、紅い右目を光らせていた。

「ふふ」

ヴァイスは笑った。赤い場面は、かすんで消えた。

勢いよく、ヴァイスは広間の扉を開けた。皆の目が、いっせいに集まった。

「よし。まずは、ヤツをここまでおびき寄せる戦いだ」

一人一人に、とっておきの酒を注いだ器を配り、みずからもひとつを手にしてかざす。

「皆、無駄に命を落とすことはない。名誉より、勝利より生きることを優先してくれ。親子喧嘩に付き合ってくれるのは有り難いが、それで無駄死にすることはないからな」

みんな笑った。

「では、われわれの勝利を祈って」

——乾杯！

一同は、一気に酒を飲み干すと、器を床に叩きつけて割った。

「行くぞ！」

「おお！」

とうとう、始まった……。

エルフィーナは、城の奥深く「封印の間」と呼ばれる場所に、クオンとともに立っていた。苔《こけ》むした古い壁と、石づくりの祭壇。太古の秘術を封じるための場所だというが、いつ作られたものかは、王家の者ですらわからない。おそらくは、フィランの大樹と同様に、城がいまの形に築かれるよりも前から、ここに存在したといわれる。

エルフィーナも、その存在は聞かされていたが、足を踏み入れるのは初めてだった。

「相当古いな……先ラーン期のもののようだが……」

クオンは、傍らに細長い『もの』を掲げて、じっと、壁の文様などを見ている。

「この部屋の……この祭壇に、城を崩壊させる仕掛けがあるのか？」

「はい」

祭壇の中央に埋め込まれた、石の聖杯。この聖杯を「王家の血筋を示すもの」によって満たすとき、太古の神は力をふるい、城は瓦礫《がれき》と化すという。

「だが、なんだ？　その『王家の血筋を示すもの』とは」

エルフィーナは、あいまいな微笑だけで答えない。それだけは、ずっと誰に問われても答えなかった。ただ、その役目はエルフィーナにしかできないことは、たしかなのだ。

「エルフィーナ。もしや、それは」

クオンが言いかけたところへ、ハーデンとラッセが早足で部屋に入ってきた。

「いいねえクオン、お姫様とふたりで静かな場所で」

「ホントホント。こっちは、これからむさ苦しいヒゲのオジサンと、向き合わなきゃいけないっていうのにさ」

冷やかされ、エルフィーナはなんと言えばいいかわからず困ったが、クオンは、冷静な目で二人を見た。

「――苦戦か」

ふたりの顔から、すっと笑みが消える。

「思ったより、かなり敵の進行が早い。こっちの兵もがんばってるけど、とにかく、向こうは数がすごいから、斬っても斬っても、後続の兵が進んでくるんだ」

「このぶんだと、王が城へ入るのもじきだろう。そうなったら……まあ、ここで姫さんに危ない思いはさせないように、せいぜい、おれたちも働いてくるさ」

エルフィーナは、前に進み出て、ハーデンとラッセの前で手を組み、目を閉じた。

「おふたりに、ご武運がありますように……」

「嬉しいね。姫さんに祈ってもらえれば、勝てそうな気がするよ」

「一度、ゆっくり姫とお話ししたいなあ。じつはボク、自分から女性にこんなことを言うのは初めてだけど」

「けっ、言ってろよ。じゃあ、おれたちは先に行くぜ。またな……クオン！」

「ああ……またな」

そのとき、クオンが口もとをほころばせ、はっきりとほほえんだのを見て、ハーデンもラッセも目を丸くした。エルフィーナは、泣きだしそうに痛む胸をそっと押さえた。

ああ。この顔は。痩《や》せて面変わりして、髪の色も違っているけれど、この笑顔は。


大きな黒い馬を先頭に、悠然と城へ向かってくるバンディオス軍。ナスタースの黒騎士団を先頭に、ヴァイスの軍はよく戦ったが、すでに限界まで疲労していた。

ヴァイスは、予告どおり玉座で王を待つ。

王が乗る馬の蹄《ひづめ》の音が、そこまで聞こえてくるようだった。


ドォンと城壁を破壊する投石の音を合図に、城内はにわかに騒然となる。突撃する兵たちの叫び声、城が揺れる地響き、槍《やり》や剣が叩き合う金属の音、悲鳴。

「待っておれ！　ヴァイスアード！」

ひときわ太い、猛獣の咆哮《ほうこう》のようなバンディオスの声が広間に響く。

立ち向かってくるヴァイスの兵を、人形のように斬り払い、バンディオスは奥へ奥へと進んでいった。が、王の間の入口で、胸から羽の印をさげた二人の男が、バンディオスの行く手に立ちはだかった。一人は豪快な大剣を持ち、一人は鋭いレイピアを持つ。彼らの手で、精鋭・虹騎士団の多くがそこで斃《たお》されていた。

「ここから先には、行かせねえよ」

「そのヒゲ、前から気に入らなかったんだよね」

すでに二人は、ここまでの激しい戦いで消耗し、みずからも相当の深手を負っているようだったが、その目だけは、爛々《らんらん》と王を狙《ねら》っていた。

「……フン」

こういう目の男は、あなどれぬ。王は、慎重に剣を構えた。


封印の間にも、戦いの気配は色濃く伝わってくる。

「――あっ……」

突然、エルフィーナは小刻みに震えた。震えだした自分に驚いて、二の腕を抱えて抑えようとするが、身体が勝手に震えて、止まらない。

「あ、あはは……なぜでしょう……あはは……」

おかしくもないのに、笑ってしまう。

「もうじき、封印をといて、お城が崩れれば……わたくしたちは、死ぬんですよね」

クオンは何も言わずエルフィーナを見た。

「わかっていたのに……覚悟は、とっくに出来ていたことなのに。あの方の……クオン王子のもとへようやく行けるだけなのだ、と」

でも、とエルフィーナもクオンの目を見上げた。

「クオン……さん……！　お願いです、最後に本当のことを言ってください。あなたは」

「では、本当のことを言おうか」

クオンがエルフィーナをさえぎった。そして、痩せた胸に抱くように細長い『もの』を手にしたまま、ぽつりぽつりと、話を始めた。

「おれは、ヴァイス王子の命を狙うのが目的で、この王宮へやってきた。物好きな王子は、それをおもしろがっていたようだが……だが、なぜおれが彼を殺すつもりだったかは、たぶんあんたも知らないだろう」

——昔……おれは、ひどい事故……そう、事故に巻き込まれ、大怪我《おおけが》をした。片足を失い、瀕死《ひんし》のところを、フィランの街の男に助けられた。おれは、彼の世話になりながら、少しずつ身体を回復させ、義足で歩くことに慣れ、猟師としてこの街で暮らし始めた。慣れない場所と境遇に、初めはそれなり戸惑いもあったが、もともとおれは、人々の期待を背負って立つより、平凡な暮らしに向くような男だったから、やがて、自分でもこれが自然だと思うほど、街の暮らしに溶けこんでいった。

「そして、おれは……おれを助けてくれた男の娘と愛し合うようになり……結婚した」

「結婚」

エルフィーナの胸は、衝撃に震えた。

「――そう。とても、平穏な日々だった……幸せだった……とても」

「そう、ですか……」

沈む心を、どう保てばいいかわからない。聞かないほうが、良かっただろうか。けれど、自分が望んだことだ。真実からは、逃げられない。

「だが……3年前に、妻は死んだ」

「え……っ……」

「傭兵くずれのゴロツキに……証拠はないが、おそらくは、ヴァルドランドからの脱走兵どもに、殺された。肉体的にも精神的にも、女にとってもっとも辛《つら》く、悲しいであろう死に方だった」

「ああ……」

エルフィーナは、その女性のためにそっと祈った。

――それからおれは、街を出て、傭兵として各地を転々とした。だが、ヴァルドランドがフィールへ侵攻したと知り、国に戻って義勇軍に加わった。ヴァルドランドは、おれにはすでに妻を殺した仇《かたき》の国でしかなかったから、なんとしても、負けるわけにはいかなかった。

「だが、結果はあんたも知ってのとおりさ。義勇軍は惨敗し、フィールは……」

クオンはその先の言葉を濁し、エルフィーナも、黙ってうつむいた。

――ヴァルドランドへの恨みを晴らし、フィールを取り戻すために、おれはヴァイスアードに近づいた。偶然、他の刺客に襲われているのを助けたのも、隙を見て、自分の手で殺すつもりだったからだ。

それが、なんの冗談だかヤツの私設衛兵の仲間に放り込まれ、街と城とを往復する暮らしを続けるうちに、だんだん気づいた……気づかされた。

ヤツを殺したところで国は救えず、誰を救うこともできない、と。

「あとのことは、だいたいあんたの知ってるとおりさ。気がつけば、とうとうこんなところまで来て」

クオンは、腰に手をあて天井を見上げた。

「おれは、本当に情けない男だな……自分でも、呆れるよ」

エルフィーナが、何を言えばいいのかわからないまま、とにかく口を開こうとしたとき。

「――来た！」

クオンは、突然身をこわばらせ、抱えた『もの』を取り出して掲げた。

細長い筒から、青白く光る美しい剣があらわれる。キイイィ、と高く震えるような音が、封印の間に反響した。

「それは……」

クオンは無言でエルフィーナにうなずく。ワーディーラアと対をなす、ヴァルドランドの聖剣ウォーラーラン。いまは、クオン王子の手にあるはずの……。

「では、いよいよ仕掛けを動かすのですね」

エルフィーナは、きりりと心を引き締めて、ひそかに用意していた短刀を握った。


王の間で、ヴァイスは父バンディオスと向き合っていた。

「やっぱり生きて、ここまで来たか」

「久しいな、ヴァイスアードよ。首を差し出す覚悟は出来ておるか？」

バンディオスは身体に返り血を浴び、いくぶん、消耗して見えた。それがどういう意味なのか、ヴァイスにはわかる気もするが、いまは考えないことにする。どのみち、おれもほどなく奴等と同じところへ行くのだ。

「ヴァイス……」

だが、王の巨体の影からそっと現れた姿には、さすがのヴァイスも驚き、震えた。

「マ……義母上」

白い肌に黒髪、淡い青い目。表情は、昔の明るさを失い憂いを帯びているものの、やはりマーナは、ヴァイスにとって、一番美しい女性だった。

「なぜここへ……まさか、お前が連れて来たのか」

「ふ、貴様への手向けよ。死ぬ前に、もう一度顔を見ておきたかろう」

ヴァイスは王を無視してマーナを見た。マーナも、ヴァイスをまっすぐに見た。

――一緒に死ねるか？

ヴァイスの無言の問いかけに、マーナは潤んだ目でうなずいた。

「道連れは、お前だけでよかったのに」

ヴァイスは王に向き直り、剣を抜く。バンディオスも腰の剣の柄に手を置いた。

じりじりと、二人は互いに間合いをはかり合っていた。

「息子よ。貴様が何を考えているか知らんが――」

「おれを息子と呼ぶな」

「仕方なかろう。生きている限り、血が我らを親子と呼ぶ」

「じゃあ、死ねよ」

ヴァイスの右目がじわじわと熱くなっていく。光を放っている証拠だ。

「フ……死ぬのは、貴様だ」

が、バンディオスの右目もまた、紅く輝いているではないか。ヴァイスは一瞬動揺した。こいつ、右目が使えたのか⁉

「ククク……切り札は、うかつに他人には見せぬものよ」

しかし、同じ目を持つ者同士が向き合うと、力は、相殺されるらしい。二人はすぐにそれとわかった。

「だが、死ぬのはやはり貴様だ。ワシの手に、この聖剣ワーディーラアがある限りな！」

バンディオスは腰の剣を抜く。金色に光るワーディーラアが、ヴァイスの喉《のど》を狙った瞬間、王は、不審な顔をした。

「見えるらしいな。おれの未来は見えなくても、これから、自分の身に起きることが」

ヴァイスは、ひどく愉快な気分で笑う。ワーディーラアが共鳴を始めた。キイイィ、と高い音が王の間に響いた。


「離してください！」

エルフィーナは、短刀を握る手をクオンに押さえられていた。

「これは、必要なことなのです！　封印をとくために必要な――」

「やはり血か。フィール王家の人間の血が、この仕掛けには必要なんだな」

「……」

石の祭壇の聖杯は大きい。これを満たすだけの血を流せば、その者の命は、かなり危ない。それでも、やらなければならないのだ。剣はなお、共鳴を続けている。

「ならば」

クオンはエルフィーナの手から短刀を奪いとり、みずからの腕を切り裂いた。

「ああっ、何を！」

「血がいるならば、おれの血を使え」

「でも、この血は……フィール王家の、血筋でなければ……私の血でなければ……」

クオンの血はすでに聖杯に注がれていた。エルフィーナは、半ば絶望してその血を見た。

だがそのとき、クオンの立つ足もとの祭壇が動き、床からの光が彼を包んだ。聖杯は、血を受け入れたかのようにカタカタと震え、少しずつ、封印の間全体に震動が広がる。

「これは……！」

「……ヴァルドランドの先王、カルディアスの祖母は、このフィール王家の出身だ。当然、カルディアスの息子にも、フィール王家の血は流れている」

たしかに、古い時代から、両王家は姻戚《いんせき》関係を続けているが……つまりそれは……その血を、あなたが持っているということは……やはり、やはりあなたは！

「クオン様！」

震動がやがて地響きとなり、ドロドロドロと部屋全体を揺るがす中、エルフィーナは、泣いてクオン王子の胸に飛び込んだ。床はもう、激しい揺れで立つこともできない。壁も天井も崩れ始めた。クオン王子は、しっかりとエルフィーナの身体を抱き支えた。

「ごめん……エルフィーナ姫」

轟音《ごうおん》と、砂煙の中でエルフィーナが見たクオン王子は、かすかに笑みを浮かべていた。

そっと抱き合う二人の上に、そのとき、天井が崩れ落ちてきた。


ゴゴゴゴゴゴゴ……

「ぐ、ぐおっ、なんだ、なんだこれはっ!?」

王の間に、天井の巨大な石が落ちてくる。逃げまどう騎士たちが、下敷きになって赤く潰れる。バンディオスは床に剣を突き立て、懸命に足をふんばっていた。

「き、きさま……何をした！　ヴァイスアードォォォ！」

「地獄への道案内だ！」

だがそう叫んだヴァイスの声は、すでに王まで届いたかどうか。石の粉が雨のようにバラバラと舞い散る中、地割れのように床が裂け、バンディオス王をのみこんでいった。

ヴァイスの頭上も、見上げれば、いまにも岩盤が崩れようとしていた。

さあ、お前の主を奪い、姫を辱めた男への恨みを晴らすがいい、フィラン城。

ヴァイスはキッと天井を睨んだ。そして、落ちた天井の影にヴァイスの全身が包まれたそのとき。

「……ズ……」

仮面と鎧《よろい》に包まれた姿が、ヴァイスに覆い被《かぶ》さってきた。そして、岩盤はすべてをのみこんだ。

あとは、轟音と砂煙だけの世界になる。


パラパラパラ、と、顔の上に名残《なごり》の石粉が落ちてきた。

目を開けると、すぐ上に青い空が広がっている。風が粉塵《ふんじん》を舞いあげて、ヴァイスの頬に粉を落としたらしい。

「……」

身を起こし、ヴァイスはあたりを確認した。周囲はほぼ瓦礫と化しているものの、一部に、柱や床がそのまま残り、土台も大部分残っている。

「どういうことだ……」

城も気になるが、自分自身もだ。擦り傷や、多少の打ち身はあるが、動けないほどの怪我はない。そうだ。あのとき、おれを庇《かば》うようにしてあいつが――。

「ズゥ！」

見ると、足もとにその仮面だけが落ちていた。傍らに、胸から下が岩盤の下敷きになったズゥの姿がある。助け出そうと、ヴァイスは岩とズゥの身体の隙間に手をかけ、かがんで覗いた。そして、一瞬目を見開くと、唇をキュッと引き結んだ。

「……で……ん、か……」

仮面をはずしたズゥが息だけでヴァイスを呼んだ。伸ばしかけた腕がパタリと落ちる。そのまま、ズゥは動かなくなった。

……お前は、本当に、最後はおれのそばにいたんだな。

ヴァイスは、ズゥの――いや、あるいはズゥとも名乗りながら、つねにヴァイスの影にいた女の顔をじっと見つめた。そして、胸の中だけで、女の本当の名前を呼んでやった。

立ち上がると、また風が吹いてヴァイスの長い黒髪を揺らした。どうしたんだ……みんな、死んでしまったのか？　おれだけが、取り残されて生きているのか？

「う……んっ……」

そのとき、はっとする声が聞こえてきた。

「マーナ！　生きているのか、どこだ、マーナっ！」

叫びながら走ると、ちょうど、マーナがよろよろと起きあがろうとするところだった。重なりあった石の柱が屋根代わりとなって、マーナを守っていたらしい。ヴァイスは、初めて神の存在を感じ、信じたくなった。

「マーナ！　マーナ、生きて――」

「ああっ！　ヴァイス、後ろっ！」

「……えっ……!?」

振り向く間もなく、ヴァイスの背に、鋭く熱い衝撃が走った。ゆっくりと、身体を半分ひねって見ると、瓦礫の下から腕だけが伸び、金の聖剣を握っていた。この剣が、ヴァイスの背中を斬りつけたらしい。

「……」

腕は、岩の欠片《かけら》をバラバラと押しのける。そして、目玉の白い部分以外はすべて灰と血にまみれ、もはや人とも思えぬ形相となりはてたバンディオスが、ゆっくりと、その巨体をあらわそうとした。

「グハハハ……グハハハハ……地獄に、落ちるがよいわ……」

「きさ――」

「グボアッ！」

ヴァイスが改めて剣を突き立てるより早く、バンディオスは、マーナの突き立てた短刀に、喉仏を深く貫かれていた。続いて、ヴァイスは、バンディオスの額を割るように、頭から剣を振りおろした。血だまりの上に白い脳漿《のうしょう》を零しながら、今度こそバンディオスは絶命した。

「ずっと……国を出たときから……いいえ、5年前のあの日から、ずっと……こうすることを、願ってきました」

一瞬、マーナは呆然《ぼうぜん》と呟き、すぐに正気を取り戻した。

「ヴァイス！　ヴァイス、大丈夫なの⁉」

支えようとする腕を払って、大丈夫だ、とヴァイスはマーナに笑ってみせた。

「あんな力の入っていない状態じゃあ、な」

「本当に？」

「ああ。でも、ちょっと座ってもいいかな？」

瓦礫の中で、そこだけきちんと立って残っている玉座を見つけ、ヴァイスはいつものように腰をおろした。一息つき、青空を見上げると、また、紅い右目が熱くなった。

「ああ、そうだ。まだ、ひとつ残していた約束があったな……」

「これは……？　崩れきらなかったのか？」

かつて封印の間であった名残の場所で、倒れていたクオンが目を開いた。

「わかりません。聖杯に捧げた血が薄かったのか……それとも、フィランの大樹の根がはって、城の一部を支えたのか」

先に気がついていたエルフィーナは、まだ戸惑うクオンに、推測で答える。

「とにかく、わたくしたちは助かったようです」

クオンは、黙ってゆっくりと半身を起こした。

「クオン殿下」

エルフィーナは、ようやくそう呼べる喜びに目を潤ませながら、クオンにほほえみ、語りかける。

「本当に、クオン殿下なのですね……」

クオンは、エルフィーナから目を逸らし、うつむいたまま「ごめん」と言った。

「あのときの約束、守れなかった」

エルフィーナは首を横に振り、こらえきれない涙をぬぐおうともせずに、クオンの胸にすがりついた。

「どうして……どうして……」

問いたいことはたくさんあった。が、ふいにクオンはエルフィーナの身をそっと離すと、よろよろと、立って歩き出そうとした。聖剣ウォーラーランを、片手に持って。

「待って！　どこへ行かれるのですか、クオン様！」

答えはない。代わりに、クオンは片手で顔の右半分を覆う包帯を解き始めた。

「あ……」

包帯の奥で、紅い右目が光っていた。

「行かなければ。あいつが……ヴァイスが待っている……」

「クオン様！　どうか、ご無理をなさらないでください！　あなたは……相当の、血を失っているのです！　クオン様！」

エルフィーナは必死に呼びかけた。クオンは、かすかに笑って振り向いたが、その足どりは止まらなかった。


バンディオスの手から抜き取った聖剣が、ヴァイスの腕の中でかるく震えた。

「来たな」

キイイィ、と響く独特の音が、少しずつ、大きくなってくる。向こうから、紅い右目を光らせて、男が、ヴァイスのもとへとやってくる。手には、鳴いている銀色の剣。

「なるほど……」

ヴァイスは、それで男のすべてに納得がいった。

男は――クオンは、ヴァイスの前に立って、足を止める。

「……待たせたな」

「いや」

「どうしても、やるのか？」

「約束したろ。いつか、必ず続きをしよう、と」

あの剣技場の模擬戦は、本当に、楽しいひとときだった。

「それに……その右目にも、未来は見えたんだろう？　クオン殿下」

「……ああ」

「なら、さっそく続きをしようじゃないか。本当なら、積もる話をいろいろしたいところなんだが……あいにくと、おれは時間がない」

クオンは、ふとヴァイスの足もとに目をやった。そして、そうだなとうなずいた。

「では――行くぞ」

ヴァイスは、ワーディーラアを構えて立った。クオンも、ウォーラーランを斜めに構えた。ふたりの右目が、同時に光った。


エルフィーナがその場所に着いたとき、すでにふたりは戦っていた。

第七章　決戦と約束

剣と剣とが触れ合う音に、互いが共鳴する音が加わり、流れるような響きがふたりを包みながら広がっている。

「止めて……！　止めてください！」

エルフィーナは、涙ぐみながら二人に訴えた。だが、二人はまるでエルフィーナの声など聞こえないかのように剣を交わし合う。じっさい、聞こえていないのかもしれない。紅く右目を光らせて、夢中で戦っている二人には、お互いしか見えていないようだった。

「ヴァイス王子……クオン様を止め――」

せめて、ヴァイスにクオンの身体の状態を伝えようとして、エルフィーナは、はっと息を飲んだ。マントから、ヴァイスの足もとまでがずっと、血に濡れている。さっきまで、ヴァイスが座っていたらしい玉座にも、べっとりと、おびただしい量の血がついている。

まさか……ヴァイスは……。

「いやああ！　止めて、二人とも……どうして!?」

耐えきれず、割って入ろうとするエルフィーナを、横からすっと止める手がある。見ると、黒髪に黒衣の美しい女性が、二人の戦いを見守っていた。姿を見るのは初めてだったが、マーナ王妃だとすぐにわかった。

「なぜ、わたくしを止めるのですか？　クオン様は……いえ、ヴァイス王子は、クオン様以上に」

優しいが、毅然《きぜん》とした顔で、マーナは首を横に振った。

「あの二人は、あんなに楽しそうではありませんか」

空は青く、日差しも柔らかで風は優しい。

そこで、思い切りクオンと剣をぶつけ合いながら、ヴァイスは、いつしか笑っていた。

「フフ……あははは……」

待っていた未来が、いま、やっとおれのものになっている。おれは、ガキのころからずっと、クオン王子と剣で互角の勝負をしたいと、夢見ていた。身分だの、立場だの何にも邪魔されず、心ゆくまで、ずっと、ずっと——。

「ははは……」

クオンも、同じように笑っていた。

いつの間にか、瓦礫の周囲に人が集まり、ざわざわと、囁《ささや》き合っている。

「クオン殿下……」

「クオン殿下なのか⁉」

生き残った者や、外の戦いから戻ってきた騎士たちだろう。

そうだ。この方は、クオン殿下だぞ。ヴァイスは心で、誇りやかに言った。

この戦いが一息ついたら、剣を捧げ、おれは彼のもとへひざまずこう。そして、ヴァルドランド新国王、クオン陛下に、永遠の忠誠を約束しよう。

だが、いまは——。

少しずつ霞《かす》み、薄れてゆく意識の中で、ヴァイスは、なおも願っていた。

この時間が、永遠に続けばいい。

エピローグ

そして、いくつかの季節が過ぎて――。

＊

風の爽《さわ》やかな、良い天気の日。

エルフィーナは、クオンとともに、フィラン郊外の墓地にいた。

『フェリア・ネーゲル　ここに眠る
　イスタ暦　２２６～２４５　』

「この方が……？」

エルフィーナは、墓碑銘を読んでクオンを見上げた。

「ああ。妻だ」

「そうですか……」

目を閉じて、エルフィーナはクオンの亡き妻に祈りを捧げる。

あれから、国はふたたび動いていた。

ヴァルドランド王国は、母マーナを後見として、バンディオス王の第二王子ライーアスが即位し、継いでいた。

バンディオス王の第一王子、ヴァイスアード・アル・バーシルは、伝説となったクオン王子との長い戦いを終えたのち、クオン王子に剣を捧げ、クオン陛下《へいか》の騎士になると誓い、そして――そのまま、永遠の眠りについた。

クオンは、ヴァイスから王位を譲り受ける形で、いったんはその場で王を名乗った。

が、自分は王には向かない男だからと、ほどなくして、みずから譲位してしまったのだ。

クオンが王であった短い時間、宣言したことはたったひとつ。

『フィール王国への布令を全面撤回する。奴隷は身分を復活させ本国より帰国、民の奉仕義務はすべて解消。ヴァルドランドは兵を引き、統治権は旧フィール王家に返す』

国《フィール》は、こうして当面の平和を取り戻した。だが、失ったものはあまりに多い。とくに「奉仕」の制度によって、女たちに刻まれた傷は深い。

それでも、エルフィーナは人々を導いていかなければならない。みずからも「奉仕」の経験を持つことで、民の痛みを理解できると、自分を信じていかなければ。

「……あ、っ」

墓標に花を手向けようと、一歩前に出た足がつまずいた。クオンが、反射的に手を差し伸べようとする。が、その手は途中で動きを止めた。

「……」

かろうじて転倒を免れ、エルフィーナがふと見上げると、そこにまだ、止まったままのクオンの手がある。エルフィーナは、手とクオンの顔を見比べて、そっと笑った。

「そうですよね」

クオンは、エルフィーナが「奉仕」によって、どんな身体《からだ》にされていたかを知っている。こんな汚れた女になど、いまさら触れたくもないのだろう。

それでもいい。いまは、クオンがこの国にいて、わたくしのフィール再興を助けてくれるというだけでも、有り難いと思わなければ。

国を出ようとしたクオンに、これからは、女たちが自分で自分の身を守れるよう、指導をしてくれる人間がほしいと、頼んで引き留めたのはエルフィーナだった。

「いや……違う」

エルフィーナの気持ちを読みとったように、クオンはうつむいてそっと首を振った。

「ただ、おれは誓ったんだ……罪の償いがすむまで、女性には触れないと」

「罪？」

「そう。姫との約束を、守らなかった罪。過去を捨てようとした罪。それによって、たくさんの人を苦しめた罪……人を欺《あざむ》いた罪。そして……」

クオンは、ふっと空を見上げた。

「そして、あいつを死なせてしまった罪……これだけは、一生かかっても……」

淡い紫の左目が、青い空の色を複雑に映した。銀色の髪が、風に揺れた。

クオンはいまも、右目を隠し、髪の色を黒に戻さない。それもひとつの誓いかもしれない、とエルフィーナは思う。偽りの姿を留めることで、偽った罪を忘れない、という。

「——行こうか」

クオンが、エルフィーナをうながした。墓地の中でも一段高い、エルイン湖を一望する丘に、ひっそりと、ヴァイス王子をしのぶ碑がある。なきがらは、本国の王家の墓に葬られたが、フィールの景観を好んだヴァイスのために、彼を知る人々の手によって、この碑は建てられたのだった。碑にはヴァイスの名前のほかに、バンディオスとの戦い以来行方の知れぬ、傭兵《ようへい》たちの名も刻まれている。

二人は並んで丘をのぼった。すると、ちょうど碑のある丘の上から、降りてくる人影が目に入った。小柄で細身。黒髪は長く、表情はいくぶん大人びているけれど……。

「エルフィーナ姫さま！　クオン様！」

「……アン！」

決戦前夜に、フィラン城の裏門で別れて以来の再会だった。アンはエルフィーナに駆け寄ろうとするが、何かを大事に手に抱いていて、走ろうにもうまく走れないらしい。

「よかった……本当に、会えてよかった……」

「姫さまあー。わたしも、お会いできて嬉《うれ》しいですうー」

アンはべそべそと泣き出した。大人っぽくなったと思ったのに、こんなところは相変わらずだ。スンと何度かしゃくりあげ、アンはやっと笑って話し出した。

「本当なら、フィールがもとの国になったと知って、すぐに姫さまとお会いしたかったんですが――」

アンは、わずかに頬《ほお》を染め、大事そうに抱いた白い布の包みに目をやった。エルフィーナに向け、そっと包みを傾ける。エルフィーナは、はっと息をのんだ。布の包みは、おくるみだ。アンが抱いているのは、赤ん坊だった。

「その子は……まさか……」

アンは黙ってうなずいた。

「お城を逃げて、少しして……バンディオスの王様との戦いで何が起きたか、人の噂《うわさ》で知りました。同じころ、わたしのお腹に、この子がいることに気づいたんです」

「……」

「いっぱい不安もありました。だけど……この子がいることが、ヴァイスアード様が生きていたことの、ひとつのあかしになると思って……その、ごめんなさい」

「いいえ。あなたは立派よ、アン」

エルフィーナは、もう一度、アンの腕の中の子供の顔を見た。黒い髪。ヴァイス王子をいくぶん柔和にしたような顔だち。そしてやはり、右だけが紅《あか》い目――。

「この子は……ライーアス王に似ているな」

少し離れて子供を覗《のぞ》いていたクオンが、ぽつりと言った。

「ライーアス陛下は、従兄のクオン様に似て、気性の優しい方だといいます。きっとこの子も、優しい子になるわ」

エルフィーナが甘くほほえみかけると、ヴァイスの子も、無垢《むく》な瞳《ひとみ》でわずかに笑った。


アンと別れ、二人はエルイン湖を見下ろす碑の脇《わき》に立っていた。

クオンは、墓地からアンの姿が消えるまで、ずっとその背中を見送っていた。

クオン様――エルフィーナは、胸の中で語りかける。

あなたは、ヴァイス王子を死なせてしまった罪を、一生、背負っていくとおっしゃった。

けれど今日、この場であの子の顔を見ることができたのは、もしかすると、ヴァイス王子が、あなたに何かを伝えようとしたのかもしれませんね。

エルフィーナは、そっとクオンのそばに近づいた。そして、クオンが振り向いたところへ、そっと、みずから唇を重ねた。

「な……」

クオンは、絶句して目を丸くした。エルフィーナは、照れ隠しにクスクス笑った。

「女性のほうから触れるのは、誓いを破ったことになりませんよね？」
「……え？　えっと……」
困り切った顔のクオンが本当におかしくて、エルフィーナはまた笑ってしまう。
懐かしい日のことを思い浮かべた。
（……もしも、君が泣いていれば、僕がまた君を笑わせてあげる）
（もしも、わたしが笑っていたら？）
（そのときは、もっと君を笑わせてあげる。約束するよ）
あの約束――あなたは、ちゃんと守ってくれました。
金の指輪を、いまもエルフィーナは大切に持っている。
丘の風が、青い湖へと吹き抜けていった。
エルフィーナは、長い金髪をなびかせながら空を見上げた。

END

あとがき

こんにちは。今回は、私が最初にパラダイムで書かせていただいた「脅迫」と同じ、アイルさんの作品をノベライズさせていただきました。私は「脅迫」のときから、リバ原さんの描かれる、おとなしくて胸のおっきなヒロインが大好きで、しかも私にとっては久しぶりの？ハードエッチいっぱいモードということで、張り切って始めたのはよかったのですが……いやー、書いてみると大変でした。お城やお姫様の世界は私、初めてだし、登場人物はとても多いし、しかも男性に味わいのあるキャラクターが多くて、私は嬉しいんですがエッチノベルなのにどうしよう？（笑）と、少々迷ったり。でも、やはりタイトル主人公であるエルフィーナ姫にはがんばってもらわなくては、と、ヒロインの心の動きをメインに「淫夜の王宮編」を書かせていただきました。楽しんでいただけたら嬉しいです。ただし、鬼畜なエッチはあくまでフィクション。想像の世界で楽しんだあとは、あなたの隣の彼女には、優しくしてあげてくださいね。

さて「淫夜の王宮編」はこれで完結していますが、次の「奉仕国家編」では、クオンを中心に、彼と奉仕の街で生きる女性たちを書かせていただく予定です。どうかこちらもお楽しみに。それではまた「エルフィーナ」でお会いしましょう。

清水マリコ

エルフィーナ 淫夜の王宮編

2002年10月30日 初版第1刷発行

著　者　清水 マリコ
原　作　アイル【チーム・Riva】
原　画　リバ原 あき

発行人　久保田 裕
発行所　株式会社パラダイム
〒166-0011東京都杉並区梅里2-40-19
ワールドビル202
TEL03-5306-6921 FAX03-5306-6923

装　丁　林 雅之
印　刷　株式会社秀英

乱丁・落丁はお取り替えいたします。
定価はカバーに表示してあります。

●パラダイムノベルス171●

エルフィーナ
～淫夜《ヨル》へと売られた王国で…～

奉仕国家編

アイル【チーム·Riva】原作
清水マリコ 著　リバ原あき 原画

フィール公国で宿屋を営むシーリアは、国中に出された奉仕命令のせいで、夜な夜な男たちに凌辱される日々が続いていた。隠し部屋に住む盲目の妹·ニニアを守るために、ひたすら耐えていたが…。「淫夜の王宮編」では語られなかった、クオンの過去が明らかに！

表紙はリバ原あき氏の描き下ろし‼

2003年初頭発売予定